读·品·悟在文学中成长

中国当代教育文学精选系列

丛书主编:高长梅　王培静

会变音
的敲门声

陈国凡　著

花山文艺出版社

河北·石家庄

图书在版编目（ＣＩＰ）数据

会变音的敲门声 / 陈国凡著. -- 石家庄：花山文艺出版社，2013.12（2024.6 重印）
（读·品·悟：在文学中成长·中国当代教育文学精选系列 / 高长梅，王培静主编）
ISBN 978-7-5511-1524-7

Ⅰ. ①会… Ⅱ. ①陈… Ⅲ. ①散文集－中国－当代②随笔－作品集－中国－当代③小小说－小说集－中国－当代 Ⅳ. ①I217.2

中国版本图书馆CIP数据核字(2013)第258597号

丛 书 名：读·品·悟：在文学中成长·中国当代教育文学精选系列
丛书主编：高长梅　王培静
书　　名：**会变音的敲门声**
HUI BIAN YIN DE QIAO MEN SHENG

著　　者：陈国凡

策　　划：张采鑫
责任编辑：李倩迪
特约编辑：李文生
装帧设计：北京九洲鼎图书有限公司
美术编辑：王爱芹
出版发行：花山文艺出版社（邮政编码：050061）
　　　　　（河北省石家庄市友谊北大街330号）
销售热线：0311-88643299/96/17
印　　刷：三河市中晟雅豪印务有限公司
经　　销：新华书店
开　　本：710mm×1000mm　1/16
印　　张：9
字　　数：115千字
版　　次：2014年1月第1版
　　　　　2024年6月第4次印刷
书　　号：ISBN 978-7-5511-1524-7
定　　价：49.80元

CONTENTS
目 录

第一辑　心灵涤荡

第二辑　校园风景

🌸 **第四辑　历史故事**

心灵涤荡

守护摩托车的小男孩

时节已近隆冬,天气出奇地冷,今天又是下雪天。哎,你说这鬼天气。

可是,再坏的天也得出门不是。干啥?买菜啊。走在去菜市场的路上,我心情一点儿也不好。我最讨厌买菜了,又吵又闹的,让人心烦。

匆匆买菜出来,我急着赶回家,却被一个约莫八九岁的小男孩拦住了。

"叔叔,这是不是你的车啊?"小男孩指着他边上的一辆摩托车,问我。

我这才注意起这个小男孩来。但见他满脸通红,不停地跺着脚,显然是冻坏了。好像我来时他就已经站在摩托车旁了。"不是啊。"我如实说。

"哦。"小男孩很失望,又四处张望起来。来一个人,他就很有礼貌地拦下,问是不是车主。可是,给他的都是否定的答案。

我忽而来了兴致,问道:"这么冷的天,你怎么还在这里替别人看摩托车啊?"

"可是车主忘了拔下车钥匙,放这儿不安全。"小男孩扬了扬手里的钥匙,很认真地说道,"所以,我不能走。"

我心里动了一下,好个小男孩。小镇治安不太好,偷盗的事时有发生。

"又不是你家的车,管他呢。"我故意说。"家里多暖和啊。"

小男孩没回话，只是笑了笑。他的笑在雪天开成了一朵好看的花。

这鬼天气，我心里暗骂道。"你都等了这么久了，万一车主还不来呢？"我替他担起心来。

"没关系，我等啊。"小男孩坚定地说。

"你还是进菜市场里去吧，这里冷。"我真的怕他瘦弱的身子骨经不起这严寒。

"没事，这里视野开阔。再说，车主来了，不见了钥匙，要着急的。"小男孩边说边四周看着。

这时，我手机响了，是老婆打来的。"菜买好没？你倒是快点儿啊。"老婆的声音很急促，透着不满。

"我这里有事呢，你再等等就是了。"说着，我就挂了电话。要在平时，我定会立马跑着赶回家，可是，今天不一样。我得再陪陪小男孩。

"听口音，你不是本地人吧？""嗯。"

"你爸爸妈妈呢？"

"我爸爸妈妈啊，他们正在菜市场里卖菜呢。"小男孩很自豪，还对我指了指，"叔叔你看，那就是我爸爸妈妈！"

顺着他手指的方向，我看到了一对夫妻。他们面前的石板摊上摆着些青菜、萝卜之类的蔬菜，还有很多，显然没有卖出多少。夫妻俩单薄的身影不时地被来往的人们淹没。

我拨了老婆的电话："快叫乐乐起床到菜市场南大门来，就说有急事！"

"你神经啊，外面这么冷，你不怕冻坏了咱们的心肝。"老婆很不高兴。

"你叫他快来！"我关了手机。说实话，因了这个小男孩，我的心暖和起来了。

儿子乐乐和这小男孩一般年纪，被我们宠得不行，很自我，还是个小懒猪，双休日就赖在床上看电视，不到中午时间不起来。

好久,儿子一脸怨气地来了。"啥急事啊,老爸？"说着,立刻钻进了菜市场。

"就你娇贵,你看人家。"我手指着小男孩,对儿子说。

我认真地给儿子说着小男孩的故事。小男孩很不好意思,几次试图阻止我,我不让。起初儿子满不在乎,嘴里还不停嘟哝着抱怨和不满的话,很不屑的样子。慢慢地,我发现他的神色起了变化。

"咦,怪了,我的车钥匙呢。"从菜市场出来的一个男人,翻检着口袋,着急得很。

"叔叔,你看这是不是你的车钥匙？"小男孩开心极了,扬起钥匙,飞快地上前。

男人一把夺过了钥匙,怒道:"怎么回事,我的车钥匙怎么会在你手上,你个小偷！"男人扬起了宽大的手掌。

我飞速上前,摁住了男人扬起的手。

"叔叔,你能不能给我看看你的驾照。"小男孩很认真地说道。

我和男人都愣了下。

好细心、好机灵的小家伙。我心里赞了句。

"对,得让我们检查检查这到底是不是你的车。"这时,儿子也站在了小男孩一边。

我对男人说了小男孩雪天里为他守护摩托车的事。男人听了,很不好意思,尴尬地笑了笑。"瞧我这记性,又忘记拔下车钥匙了。"

说罢,男人很配合地拿出驾照,递给小男孩。

小男孩一会儿看看照片,一会儿看看男人,很认真,俨然一个小交警。

我和男人都笑了。

"叔叔,再见！"小男孩对着已启动摩托的男人大声说道。

"叔叔,再见！"儿子的声音。

怪了,这小子今天咋也懂得礼貌了。

走在回家的路上，我问儿子："天冷吗？"

儿子说："不冷，一点儿也不冷！"

说罢，儿子主动接过了我手中的菜，蹦跳着向前。

想要减肥的小女孩

因为生病，加之这阵子一直是阴雨天，我的心情糟透了。

取了药，出来，没想雨下得比来时更大，只好等会儿再走了。百无聊赖的我，独自坐在医院走廊的椅子上，发呆。

这时，有个身材矮小的妇人背着一个小女孩，正朝我走过来。我边上有空位。妇人穿着朴素，步履有些蹒跚，看得出她有些累了。妇人慢慢地走到椅子边沿，先自己背转过身，扭头往椅子看了看，才小心翼翼地把小女孩轻轻地放在椅子上，然后自己坐在了边上。

她们的对话很快吸引了我。

"妈妈，你累了吧？"小女孩的声音。小女孩约莫十岁的样子，大大的眼睛，扎着小辫子，一对粉红色的蝴蝶结向上翘起，展翅欲飞。只是小女孩脸色有些苍白，身体也很单薄。许是和我一样，也病了吧，我想。

"不累不累！妈妈干活惯了，再说，你才几斤重啊。"母亲笑着说道。

虽然，母女俩说的是乡下的土话，但我句句听得懂。我老家的方言和她们的差不离。

"妈妈,我想减肥。"小女孩忽然说道,很认真的样子。

母亲很惊讶。"说啥啊你? 你看你,都这么瘦了。医生说你得多补充营养,得增肥。"

"我就要减肥!"小女孩却坚持着。

我也觉好奇,忍不住插话道:"再减肥啊,你都成皮包骨头了,那可就不漂亮喽。"

"我不要漂亮!"小女孩语气坚定如初。

"为什么呢?"我问道。

"妈妈每天要背我,上上下下好几趟,多累啊。要是我减肥了,妈妈就可以省力多了。"小女孩说。

哦,原来是这样。多懂事的小女孩啊。

"怪不得中饭才吃那么一点儿,你呀。妈妈才不让你减肥呢。"母亲爱怜地挽过小女孩,两个头紧紧地挨在了一起。

我的眼眶湿润了。

外面的雨,不知何时停了。天快放晴了。

二叔进城

父亲来电话告知,二叔想来我工作的城市找活干,叫我到火车站接他。父亲告诉了我车次和二叔的打扮。我是二叔在城里唯一的亲人,我只好答应。

　　说真的，我怕二叔来。他来我这里，肯定是想让我帮他找工作。和村里其他人一样，他也认为我在城里是个能人，毕竟我在城市工作有些年头了嘛。可实际上，我在单位啥也不是，只是个工龄略长的普通员工。

　　我一路忐忑着到了车站。没想到，火车晚点，我直骂娘。

　　终于看到二叔了。二叔肩扛一尼龙大背包，胳膊夹着一个鼓囊囊的蛇皮袋，身穿已经褪了色的旧衬衫，粗布长裤，脚上是如今很少见的解放鞋。见他正左右张望着，我喊了声"二叔"。二叔看见了我，露出笑脸，疾步而来。看来，二叔还是以前的二叔，身体棒棒的。

　　东东，二叔来麻烦你了。二叔仍叫我的小名。

　　这时，我手机响了。

　　知道了，我这边有事，办完后，马上来。你烦不烦啊！我对着手机大声吼道。办公室里刚来的那个大学生，啥也不会，有事就叫我。真是烦。

　　挂了电话，见二叔也在通手机。

　　呵，连二叔都有手机啦。

　　二叔合上手机，有些不好意思，说，是个二手货，不到一百块，你二婶让买的，说我来城里少不了这玩意儿。

　　和谁说话呢？咋不大点儿声啊，这里这么吵。我说。

　　跟你二婶报平安呢，说大声了怕吵着人家。二叔说道。

　　过了一会儿，二叔明白过来，看着我，有些不好意思地笑了笑。

　　我脸一热，就扭头看向别处，说，那……先去我那里？我竟用了商量的口吻。

　　不用，不麻烦你了，你只要帮我找到这儿就行，地址我记着呢。二叔边说边掏口袋，村里不少人都在那儿干活呢。

　　二叔从口袋里掏出一张纸。我一看，在城市另一头的郊区，挺远。我说，那咱就坐公交车吧。其实，我是心疼打车费。

又麻烦你了东东。二叔说，满怀歉意。

在公交车停靠站候车时，又见有乞讨者来讨钱。脏兮兮的，臭烘烘的。我皱了眉头，扭过身去，装作没看见。几乎所有候车者都如我一样，皱眉，扭身，视而不见。

乞讨者的手就伸到了二叔跟前，二叔费力地放下那些袋子，仔细地摸着口袋。我本想制止，二叔已摸出一张五块的纸币来，面露微笑，弯腰，轻轻地放入乞讨者那黑乎乎的盆里。

我说，二叔你何必呢，来城里赚钱可不容易。

都不容易，都不容易。二叔嘿嘿地笑着。

车终于来了。大家一哄而上。我很快就挤了上去，回头一看，二叔还在车下吃力地挤着。大包小包手拿肩扛的，二叔刚上前，又被人挤开了，脚步踉跄着，险些跌倒。二叔干脆站在一边，等别人先上。我看了干着急。真是老实人。我有些生气了。

二叔是最后一个上车的。

车厢里早挤满了人，各种气味混杂着，令人窒息。好在我先上车，有个座位。我起身让二叔坐。二叔推让着，说他能行，硬是不肯坐。

要不给他坐吧。二叔指了指他边上站着的一个男青年。

见我不动，二叔又说，那咱先下车，坐下一辆吧。

我装作没听见，把头扭向窗外，假装看风景。何必呢，我干吗要给一个小青年儿让座，凭什么呀？还要自己下车，好不容易才挤上来的。二叔真是昏了头了。我愤愤地想着，很不情愿地下了车。

我在前面带路，狠狠地蹬着地面，二叔紧跟在我后面。

你难道没看出来？那小伙子腿有残疾。二叔竟有些生气，说完，就再不吭一声了。我过去拎包，他坚决不让，说自己能行。二叔还真生气了呢。这个倔老头，我无奈地摇了摇头。

我问二叔，我们干吗要下车啊？城里的公交车可不好上。

二叔停了脚步，说，要是我们不下车，我一个老头站在他身边，他不肯坐的。二叔说得很认真。说完，二叔腾腾地走到我前面去了。

哦！我恍然大悟，多可爱的二叔啊！我感觉自己的脸有些发烫。再看前面的二叔，分明越走越高大。

摆肉饼摊的小夫妻

我供职的单位是个搞外贸的小企业，没啥竞争力，禁不起蔓延全球的金融危机的冲击，眼看就撑不下去了。经理决定裁员，没想自己就"榜上有名"了。

想想真是窝囊，父母砸锅卖铁供自己读大学，好不容易找了个工作，没想这么快就给丢了。父母还没用过我挣的钱呢。躺在只有 10 平方米的出租房里，我的心情坏到了极点。父亲昨天还打电话叫我注意身体，别让工作弄垮了身子。母亲则说，快国庆了，趁放假回家一趟啊。我知道母亲想我了，我毕竟是她唯一的儿子。我已半年多没回家了。

经过思想斗争，还是决定趁国庆回家一趟，权当是散散心。当然，已丢工作这事是绝不能让父母知道的，否则他们又该为我发愁了。

在家的那几天，母亲为我做了好多好吃的，却啥都不让我干。父亲也说，在外工作挺不容易的，辛苦，回家就该好好休息。你在城里工作，村人都以你为榜样呢。父亲又高高兴兴地下地干活去了。母亲越是对我好,父亲越这样说,我的心越难受。好几次想告诉父母实情,却又不忍因此搅坏父母难得的好心情,就一次次把已在喉咙口打转的话给咽了回去。

那天,适逢镇上集市,闲着没事,就去了。集市上人山人海,煞是热闹。我的心情也一点点地好了起来。

前头一个卖肉饼的摊前围着很多等吃的食客,我看了时间,都9点多了,生意还这么好。老板挺牛啊,不知不觉地,我的双腿就迈了过去。

真是没想到,肉饼摊的老板竟是我村里的阿旺夫妻。阿旺不是一直在城里工作嘛,听说还是个大单位呢,他老婆小翠则在阿旺单位的大食堂里帮忙。可眼下,怎么摆起了小摊,做起了小买卖来了?

我正疑惑着,阿旺看到了我。"阿凡,放假了?"我才回神来,笑了笑。

"来,吃一个!"小翠递过一个大大的肉饼。他们依然这么热情,让人心间顿生温暖。

"不了,我不饿呢。"我连连摆手。我刚吃了早餐,肚子真的一点儿不饿。再者,生意这么好,我咋能白吃他们的肉饼呢。

阿旺却不高兴了。"拿着吧,嫌不好吃是吧?哈。"

我只好接了,咬一口,肉馅真不少呢,酥酥软软的,满嘴留香。"味道好极了!"那句广告词在我嘴边脱口而出。

阿旺笑了,小翠笑了,众人都笑了。

阿旺正把肉饼放入大铁锅里,均匀地浇油,接着盖上锅盖,又忙着帮小翠揉面。

"生意这么好啊,一天怕是能卖好几百个吧。"我问道。

阿旺说:"嗯,差不多吧。"

"那能赚不少钱呢。"我很是羡慕。

"再多也不及你多啊。"在包肉馅的小翠接口道。

我脸一红。还好阿旺夫妻只顾埋头干活,没看见我的红脸。

这会儿,阿旺揭开了锅盖,一股热气直冲而出,阿旺用铲子熟练地翻倒着肉饼,十几个肉饼都是个大馅足,香气扑鼻,让人垂涎欲滴。你看,食客们都迫不及待地手拿袋子"虎视眈眈"呢。"肉饼我吃过不少,城里的、乡下的,还是阿旺的肉饼最好吃。"有食客说道。"而且,才卖一块一个呢,真便宜。""是啊,城里都卖一块五一个呢。"立马有人附和道。刚有食客走,又有人来了。阿旺的生意还真是好。

我跟阿旺夫妻打了声招呼,走开了,要不,都要耽误他们做生意了。

都走出好远了,阿旺还在对我喊:"阿凡,晚上来我家坐坐啊。"

中饭时,跟父母说起了阿旺的事。

"阿旺的单位两个月前倒闭了,夫妻俩一合计,就用小翠在城里食堂学来的技术,弄了个街边小摊,专卖肉饼。肉饼物美价廉,小夫妻俩嘴巴又甜,生意好得很呐,一天能赚二百多元呢,逢集市的日子那就更多了。"母亲说。

"难道下岗那会儿他们就没泄气过?"我有意问道。

父亲看了我一眼,说:"哪没有呢。先前那么好的工作,说没就没了,家里连寸土地也没有。那阵子,夫妻俩愁眉苦脸,整天窝在家里,不敢出门呢。"

"还几乎天天吵架。"母亲说。

"没事,天无绝人之路。几天后,夫妻俩就摆起了那个肉饼摊,赚得比以前还多。"父亲说。

"什么都会好起来的。你看,地震灾区的百姓那时多苦多难啊,现在不都挺过来了嘛。"父亲看着我,说道。

"阿凡,你爸早看穿你的心事了。但甭怕啊,有爸爸妈妈呢。"母亲的声音。

我狠命点着头,眼泪却不争气地一个劲地往下流淌。

第二天,我怀揣父亲给我的三千块钱,踏上了返城的路。

阿旺竟来给我送行。"上有国,下有家,怕啥!"临上车时,拍着我的肩,阿旺说道,语气异常坚定。

那一刻,我的胸膛里充满了力量。

班　　费

学期快结束了,作为班主任的陈老师要做的一件重要事情,就是和全班同学结算班费。

陈老师是个细心的人。一学期以来的班费开支情况表就贴在教室前门边的公布栏上,共交了多少班费,哪天买了什么花了多少钱,谁是经办人(至少两人),还有收费单据等项目,一桩桩一件件,一目了然。

在一节班会课上,陈老师宣布说,我已经和生活委员认真算过了,本学期我班班费还剩每人五块一毛钱,我会在放寒假之前如数退给每位同学。

同学们都很开心,脸上荡漾着笑。以前,每个学期班费都不够,还要临时再向学生缴。陈老师知道,此刻不少人甚至都已经盘算好了如何去花这"意外之财"。

班上五十多人,就得五十多个一毛呢。之后,陈老师就注意收集这笔零钱了,去超市、菜市场,找零时就特意要一毛的,好几次弄得对方很不高兴。

临放寒假的头天晚自习,陈老师拎着一大袋子的散钱零钞去班上退班费。按座位,陈老师把五块一毛钱小心地放在同学的手心里。

有的同学说,老师,你给个五毛的、一块的都行,我们自己去分好了。陈老师说,不用麻烦你们了,一毛的散钱我早备足了。老师想得真周到。同学笑了。

还有的同学说,老师,一毛钱就算了,如今一毛钱能买什么啊。响应者很多。陈老师说,哪能算哪,你们的就是你们的,不要说一毛,就是一分钱我也得如数退还给你们。陈老师还开玩笑说,有首歌唱得好啊,该是你的就是你的,不是你的就放掉!老师可不想成为贪污犯哪。同学们都笑了。

傅小雷的位置,空着,陈老师才想起今早他因家里有事请假回去了。由于傅小雷当时走得匆忙,也没记得该退还他班费的事。陈老师知道班上没有同学和傅小雷同村,就思忖着等寒假家访或是下学期再交给他。

学校公布了各班学生对班主任的评估结果,陈老师名列榜首。

不知怎的,陈老师退班费这事,不少老师知道了。

何必这么认真呢,一毛钱也退清。

该不是为讨好学生的特意之举吧。

说啥的都有。陈老师听了,只叹口气,不言不语,不置可否。

没想,寒假期间,陈老师孩子患病,他在医院忙乎了十多天,等孩子病愈回家,也快过年了。年货都还没备呢,家访是没时间了。那就等下学期开学再给傅小雷吧。

不料,第二学期开学报到那一天,傅小雷的父亲赶来学校替傅小雷办转学手续。原来他们要搬到城里去了,自然地,傅小雷也要转学。陈老师帮忙办好手续后,拿出五块一毛钱,边递给傅小雷父亲边说,这是上学期退还给傅小雷的班费,请你带去,别忘了和他说声。

傅小雷的父亲却死活不肯要,边疾走边说,算了,才这点钱,算了。他给你惹的麻烦还少吗!一溜烟就没影了,陈老师哪撵得上。

之后,陈老师翻出电话本,和傅小雷父母,也和傅小雷本人通了几次电话,叫他们拿去那五块一毛钱。每次陈老师都说得很诚恳,可那边要么说算了不要了,要么说哪次方便了到学校来拿。可总不见他们来。

这事就成了陈老师的一块心病。

一个礼拜五下午,傅小雷家门铃响起。傅小雷开了门。门外站着两个人,一个是以前陈老师班上的傅小雷的死党同学,他晓得傅小雷城里的家,再一个就是陈老师。

傅小雷很意外,陈老师,你怎么来了……急忙让陈老师进屋。又喊,爸,妈,陈老师来了。

抱歉,早该退给你了。陈老师郑重地把那五块一毛钱交到了傅小雷手中。

傅小雷父母一定要陈老师留下吃了晚饭再走。

不了,我得赶回去,今晚学校值班。

傅小雷一家子眼里都含着泪花,送了陈老师一程又一程。

据说,陈老师班上的学生中后来当官的不少,却没有一个因贪污受贿犯事的。

乞 讨 者

H 市 W 天桥上几乎每天每晚都有两个乞讨者。一个在桥的东头，一个在桥的西头。但谁也不认得谁。

两个乞讨者都是六七十岁光景的老妇人，蓬首垢面，衣衫褴褛。一年到头同一身衣裤，同一副表情，大概已没有了冷热的感觉，也失去了人类本有的感情了吧。

让人们看到的也是同一个姿势：双膝跪地，臂肘着地，几乎整个身体都贴在地上。这使人不由得想起古人的"五体投地"来。不管有没有人经过，她们只是不停地磕头，乞求人们的恻隐之心，能扔个钱币进来。前面放着的那个盆，便是用来盛放钱币的；肮脏的污垢已盖住了盆的底色。

每天每晚她们身旁都有许多人经过，可对于她们的存在，有的根本不屑一顾，有的或是无暇顾及，也有的会经意或不经意地瞄上一眼，便匆匆而过。两个乞讨者的盆中难得有钱币在。

一日中午，晴空万里。不知何故，桥东的那位蹒跚地往桥西走，盆里居然有十几个一元、五毛、一毛不等的硬币或纸币。此时的她目光呆滞，一脸茫然。

其时，天桥上人来人往，车水马龙。

经过桥西的那位乞讨者身边时，桥东的这位不经意地看了一眼：桥

西乞讨者仍在不停地磕头,盆里空无一文。桥东的这位突然停了下来,她哆哆嗦嗦地伸出干枯的右手,毫不迟疑地用力抓了一把钱币,然后跪下身,小心翼翼地放到桥西那位乞讨者的空盆中。

桥西乞讨者惊愕地抬起了头。四目相望……

嘴角歙动,泪珠滑落,两个乞讨者忽而相拥大哭,久久地,久久地……

路人依然没有停止匆匆的脚步。

天却忽然暗淡了下来。

桂芳的买卖

多少钱一斤?

一块七。

便宜点儿嘛。便宜点儿我就买。一块五吧。买家说。

够便宜了,你存心要买的话,一口价,一块六。我都亏本了我!

最终一块六一斤成交。

这种买卖场景我们在市场里经常能看到。我这里要说的买卖,地方不在市场,而在村子里。村子里没有集中的市场,只有买家和卖家。

卖家名叫桂芳,四十开外的样子。家里一年四季变化着种蔬菜、水果,收获时节,丈夫负责拉到外面大量地卖,桂芳呢,就负责村里的小买卖。

这不，她正手拎着一大篮子葡萄挨家挨户推销呢。

花婶，买点儿吧。你看你孙子正流着口水呢。

何大哥，你不买点儿？你看我家这葡萄多鲜多大，熟透了，甜着呢。

王老弟，那么多钱放着干吗？买点儿新鲜水果不好？你看这大热天的。

我这葡萄好吃，还便宜着呢，市场上一块五一斤，我一块就卖。乡里乡亲的，赚你们钱干什么。

正值六月流火，这甜甜的葡萄要是冰箱里放过，拿出来吃，那个爽啊！这年头，村人口袋里也还有点儿钱，经不住桂芳这么一引诱，买家还真不少。

桂芳就忙着称秤，忙着算钱找钱。才一会儿，那么大一个篮子就见底了。

说实话，桂芳家这葡萄个大味甜，长得挤，水分多，价格真比市场上便宜一大截，在自家门口就能买上。而且桂芳零头都不算。一斤一两，就算一斤。三块两毛钱，那两毛零头，准不要了。看到有小孩在，还摘几个大点儿的葡萄或拿小串点儿的葡萄送。桂芳还说，钱不急的，你啥时方便啥时给好了。

你说，哪个买家能不乐啊？大家都还觉得仿佛欠了桂芳什么似的。

可事情远没有完呢。

再看到花婶，桂芳说，花婶，葡萄好吃吧？甜不甜？

花婶直点头，好吃好吃，甜甜甜。

边上花婶的孙子就扯花婶的衣服，我还想吃嘛！我还想吃！

何大哥，我家那葡萄吃了吧？怎么样？

何大哥说，不错，很甜！

桂芳就呵呵地笑，谢谢何大哥。说真的，我尝过的葡萄多着了，比来比去，还是我自家的数第一。临走时，不忘再说一句，下次记得再买啊，何大哥!

何大哥说,那是一定的。

又看到了王老弟。桂芳远远地就叫开了,王老弟,你说句良心话,我家那葡萄咋样?

王老弟忙说,真不错的,口感特好!

桂芳又呵呵地笑,那下次一定要再买啊。

王老弟说,这还要你说。

看到人多,桂芳说,谢谢各位乡亲啦。我两口子几个月来起早贪黑地忙乎,还算争气,弄出了这么些个好葡萄来。还真是累啊!

桂芳说着说着,就拿衣角擦拭眼角。

村人知道,桂芳说的是实情。葡萄这东西,娇贵得很,你不花精力进去,不弄点儿技术到里头,它就不给你好。村里种葡萄的不少,可没几家像样的!

有几位妇人眼圈也红红的。

大家更觉得欠着桂芳很多了。桂芳两个孩子刚上大学,急需钱。

再挑葡萄来——桂芳改用箩筐挑了——桂芳话也无须多说,花婶就称了几斤葡萄去。乐得花婶的孙子蹦跳个不停。

何大哥呢,竟买了十几斤。桂芳说,要恁多做啥?何大哥不让,有冰箱,怕个啥?

到了王老弟家门口,桂芳一言不发,就狠称葡萄。王老弟不怒不恼,只是乐呵呵地笑,算钱,递钱。

钱给多少呢?大伙不约而同地按一块多一斤给了。

但总比市场上便宜。桂芳心里亮堂着呢,控制着,再贵,桂芳就不卖给村人了。

村人觉得帮了桂芳,买的葡萄却比市场上便宜,质量呢,甚至还见好,大热天的,还不用出门。是件于己于她都好的事儿。

桂芳呢,无形中,价格抬上去了,但就是比市场上便宜些,桂芳也觉得对得住村人。

桂芳在村里的买卖就一直做得很好。

现在,邻村的人们都赶来买桂芳家的东西呢。

晓 冬

(一)

刚放学回家,晓冬立即从书包里拿出课本,坐在小桌前认真地做起了作业。

妈妈觉得奇怪了,这反常啊。要在平时,还没到家门口,老远就会听到晓冬的嚷嚷声,嚷着要吃的,然后就是书包一扔找伙伴们疯玩去了。

妈妈就走过来,问晓冬怎么了,还用手摸了摸晓冬的额头。

晓冬说:妈,我好好的,没事!

那你这是? 妈妈更疑惑了。

晓冬放下手中的笔,不满地说:妈,你看没看电视啊,四川遭地震了,那么多同学都没家了,没爸爸妈妈了,有的残疾了,还有很多被埋在废墟下面没救出来呢。说着,晓冬竟哽咽起来。

知道啊,那些孩子好可怜。妈妈的眼眶也湿湿的。

晓冬用手背擦了眼泪,揉了鼻子,过了好一会儿,才继续写作业,默默地。作业写好了，晓冬也不出去玩，而是打开电视，电视里正播放着有关汶川地震的最新报道。晓冬看得很专注，看得泪水涟涟。

（二）

一天晚上，晓冬对爸爸妈妈说：今天我们学校组织捐款了。同学们都捐了。

这么说，你也捐了？爸爸故意问道。

当然！而且我是班里捐得最多的。我把平时积攒的那一百元钱全给捐了。晓冬一脸自豪。

儿子好样的。爸爸兴奋地说道，爸爸厂里也组织捐款了。

那你捐多少啊？晓冬很急切的样子。

看把你急的，爸爸捐得可比你多多了。爸爸说道。

噢，爸爸好样的。晓冬兴奋地大叫。妈妈高兴地把晓冬搂在了怀里。

晓冬心想，现在全国人民都在支援灾区，妈妈也要捐点啊。

于是，晓冬挣脱妈妈的怀抱，仰头问道：妈妈，你呢？你不捐了吗？

爸爸却有些不高兴了，瞪了晓冬一眼：别瞎说。

晓冬伸了伸舌头。咋忘了呢，其实家里并不宽裕。爸爸的单位是个小厂子，私营的，爸爸一个月还拿不到一千五百块工资呢。平时也少有零花钱给自己，那一百元钱是用了很长时间才积攒下的。最近，妈妈又下岗了，还没找到新工作，这阵子很不开心。

要是我家很有钱就好了。晓冬感到很遗憾。

（三）

晓冬坐在小凳子上发呆。

妈妈走过来，爱怜地问道：怎么了，晓冬？

刚才电视上说，明天起的三天，是全国哀悼日，明天下午2点28分，全国人民还要默哀三分钟呢。妈妈，什么是默哀啊？

傻孩子，默哀就是低头，不说话，大家心里想着同一件事。妈妈解释道。

就是大家都想着四川那边，是不是？晓冬问道。

嗯。妈妈点了点头。

我知道了，那我就想四川那边的同学，希望他们早点儿找到爸爸妈妈，还要爷爷奶奶外公外婆，还希望他们早点儿建起新房子，新学校，早点回校上课，每天开心。妈妈，你说我想这些好不好？晓冬又问妈妈。

好，好！妈妈紧搂着晓冬，眼眶禁不住湿润起来。

（四）

晚饭一吃完，晓冬一家子就坐在了电视机前。

晓冬，妈妈今天也捐款了，村里组织的。只是妈妈没用，捐得没你和爸爸多。

真的？！晓冬高兴极了。看班里谁敢再说我家人没有全部捐款。

我明天准备再给灾区的同学几本作业本，我自己以后省着点用就行了，以前太浪费了。说完，晓冬扭头看着爸爸妈妈。

爸爸妈妈对视了下，点了点头，笑了。

这时，电视里正播着有关领养地震灾区孤儿的相关报道。

要是我家很有钱就好了，我就可以有个弟弟或妹妹了。晓冬自言自语道。

感谢一位姑娘

隆冬的雪纷纷扬扬地下着,斑斓的霓虹早已亮起,于我而言,却没有一丝暖色。这北方的严冬,这城市的夜,可真冷啊。我不禁裹紧了大衣,迎着飞雪艰难地前行。

喂,停一下! 见前面的一辆公交车已启动,我大声喊叫着。可公交车没等我,无情地驶远了。

我站在公交车站牌下,不停地哈气、跺脚,不时地张望。我在等这城市的最后一班车。这是我刚看了站牌知道的。

可仍不见公交车来,我焦躁不安。我开始后悔自己刚刚的举动了。

今天真是倒霉透了。加班了不说,下班途中,不小心蹭了别人的车,这路,这鬼天气! 车主硬要我赔,不是才蹭破点儿漆嘛。什么车嘞,桑塔纳,能跟我的坐骑比嘛。我嫌多,不肯。那人就报警,我一时生气,就不服从交警的协调。你得怪这鬼天气不是。我开车一向挺小心的。

交警似乎心情也不好,说那就先把车拉走吧,听候处理。我说好啊,就气呼呼地来挤这讨厌的公交车来了。

可车怎么还不来啊,早知如此,不如当初赔钱了事。雪,不见有停歇的意思。我心情坏到了极点。

这期间,有不少电话打进。有父母的,问我怎么还没到家。我撒谎说和几个朋友在一起呢。有几个是打错的，我接得烦了，对手机大吼，你怎么回事，我的号码是……不是你要打的那个。我大声说出了自己的手机号码。索性关机算了，但一想，怕父母担心、公司有事找，又恐再被无端骚扰，我就把手机调成了静音模式。

这时，发现不知何时站台里多了个和我一样等车的姑娘，也跟我一样，不时地哈气。这天确实冷。见我看她，就停止了动作，却还我一个浅浅的微笑，然后把眼放往别处。

这么个大冷天，有位姑娘陪着一块等车。挺好啊。姑娘穿一件红红的紧身滑雪衣，宛如苍茫银白世界里的一个精灵。我一时竟被迷醉了。这寒冬的冷夜也似乎多了些暖色。

车来了。我们上了车。她比我先下车。我竟没和她说过一句话。

第二天起床，我下意识地看手机，发现里面竟然有十多个未接来电，一看，是陌生号码。时间，从晚上九点到凌晨五点多，天啊，那人昨晚一直就没睡过觉。还有几条短信，仍是那个号码发来的。你到家了吗？你没事吧？打你电话怎么不接啊？怎么不回短信啊？后面连着三个感叹号。

这么紧急找我。会是谁啊？我疑惑着，拨了回去。

喂，你谁？昨晚怎么打我那么多电话？

你终于回话了，这就好啦。是个姑娘的声音，如释重负的声音，也是疲惫的声音。显然昨晚没睡好。

可我还是不明白。

什么这就好啦，我不明白啊。你怎么会有我的号码？你没打错吧？你是……

咯咯咯，那边笑开了。错不了！一听声音就知是你了。我昨晚和你一块儿等车的，想起来没？

哦，是你啊。我很意外，也有些莫名的兴奋。

谢谢昨晚你陪我啊，那么冷的天。我说。我说的是真心话。我是真的谢谢她。

我才没陪你啊，我是自个儿等车。姑娘说。说句实话，我得谢你才是啊，没你，我可不敢一个人在晚上等车。

是吗？呵呵。我也乐了。可我还是不明白，昨晚你为什么打我那么多电话，还发那样的短信。我昨晚好好的呀，下车后，回家洗了个热水澡，电视也没看，就睡了。

姑娘说，是这样的，昨晚，电视新闻里说，我们坐过的那辆公交车出事故了，好多人受伤了，我就打你电话问问，看你有没事。

顿了下，姑娘说，我是搞统计的，对数字特敏感，你昨晚那一吼，我无意间就记住了你的手机号码。不好意思啊。

我突然无话了。除了父母外，我就没有收到过这样的关心。我和她素昧平生啊。多好的姑娘。

喂，喂……你没事吧。许久没听到我的声音，姑娘急了。

我没事，我很好。我说。我得感谢你，感谢昨晚，感谢公交车，感谢飞雪，感谢寒冬。

我的眼圈竟有些红了。这是多久没有的事了。

你说什么呀？乱七八糟的。

你……你有男朋友了吗？我有些语无伦次了。

有啊。不骗你。姑娘说。怎么问这个啊。

他可真幸福！我很羡慕他。我说。

我真的很羡慕他。为他有这样一位善良而美丽的女友。

至于蹭车那事，我主动去办了，赔了钱，道了歉，心却舒畅得很。

经理，你现在咋对我们这么好呢？你以前可不是这样的。现在，公司里的人经常这样问我。

这得感谢一位姑娘。我说。

宿舍管理员老王

　　说的这个老王，虽只是个普普通通的宿舍管理员，可在我们学校是无人不知。不光是因为他那身不合时宜的几乎一年穿到头的装扮——中山装劳动裤解放鞋，还有他极负责任的工作态度。

　　其实老王一整天的工作，无非就是打扫一幢宿舍各层楼道、厕所的卫生，按时开启和关闭宿舍的大门，简单，也不太累。纪律啥的都不用他操心，有学校值日老师在。可老王是个闲不住的人，干完本职工作后，就在各楼层瞎转悠，其实也不是瞎转悠——他不是闲不住嘛。看到哪个寝室不干净，他会拿起扫帚，极认真地扫，连床底也不放过，还要把鞋子什么的摆放得整整齐齐，才离去。双休日，学生回家了，哪个寝室的门没锁，老王就会给它锁上，还要再拉拉，看有没有真锁好。学生在时，老王也会去转悠。看到学生浪费粮食，他会皱眉头，轻声地说句，浪费粮食可不好，会遭雷劈的。看到学生在打闹，他会提醒，小心点，别弄疼弄伤了。晚就寝，值日老师走后，有寝室仍吵闹，老王忍不住就下床，敲门，别吵了，该睡觉了，明天还得早起上课呢。声音很响，传得很远。学生就静下来了，可他一走，学生照旧说笑，还骂老王多管闲事。老王听了，不急不恼，又折回来，说，别吵了，时间不早了，该睡觉了，明天还得早起上课呢。声音仍旧很响，传得很远。学生又静了下来。老王走了，仍静。老王就笑了，眉头很夸张地舒展着。

全校各宿舍，纪律属一幢最好，卫生呢，还是一幢最好，连高三的女生楼也比不上。领导和班主任就奇了怪了：咋回事？这到底咋回事呢？久了，就了解了，原来这和老王有很大关系。领导就笑了，这个老王不错嘛。班主任呢，有人欢喜有人怨。喜的是那些有班上学生住一幢的班主任，另外的就怨喽。为啥？学校不是每周搞纪律、卫生竞赛嘛。前者班级的这两项竞赛扣分就少多了，班主任领到的月奖也因此多出不少呢。

对老王很有意见的，还有其他宿舍的管理员。如此显得我们不能干了不是？你每月又不多拿钱？真是的！老王却充耳不闻，依旧把工作做得最好。

我觉得这对老王很不公平，就牵头其他相关领导，打算对各宿舍管理员实行考评，把工资和其工作成绩直接挂钩，适当拉开收入差距。没想校长坚决不同意。想想也是，校长的小姨子也是宿舍管理员，只是干得不怎么样。这事就这么黄了，我有些憋屈，竟跟老王说起了这事。开始，老王很急，脸都涨红了。知道结果后，老王大松了口气，连声说，还是这样好，还是这样好！我惊讶道，你傻啊，新措施不明摆着对你有利吗？老王只是笑，再没了话。

可是现在的老王啊，叫我怎么说他好呢。

现在的老王，一有空，就给学生洗衣服。唉，他是干起了那些女管理员的传统营生来了。给学生洗衣服，自然是有偿的，听说一件衣服收一块钱。一个月下来，这笔额外收入相当可观，可比那份死工资强多了。看来，老王也是能抓住机遇的，男生宿舍的生意可比女生宿舍要好得多——男生总懒些。有次，我问他这事。老王咧嘴一笑，啥也没说。

现在的老王，一有空，还到学校各个角落转悠，教室里也进去，见到废纸、瓶罐什么的就捡起来，装进随带的蛇皮袋里。有次，我问他。老王咧嘴一笑，说，还用说，拿去换钱呗。儿子读书，费钱着呢。

老王的身影还经常出现在球场上,尤其是有球赛的这段时间,几乎场场不落。此时,人多,队员流汗多,扔掉的空瓶子就多。有次,老王跟我说,陈书记啊,其实我挺喜欢球赛的,特别是夏天。我儿子是学校篮球队的队长呢。我听了,直摇头,这个老王啊,成了财迷了。

好在一幢宿舍的纪律、卫生仍拿全校第一。

这天,下午五点多,学校班际男子篮球赛正如火如荼地进行着。场外人头攒动,啦啦队的助威声,此起彼伏。

这是最后一场,冠亚军决赛。

最后十秒钟,双方打成平手。二班队员高强得球后,急速向前推进,连过一班两名队员,忽地就蹿到了篮下,又巧妙地晃过一班队员王小山的最后防守——篮下空了,高强开始起跳……突然,场外的老王朝高强猛冲上去,速度极快。正起跳上篮的高强被生生地拽了下来,右膝重重地击中了老王的脸,紧接着,高强的右手肘关节又重重地打在老王的头上。老王倒在了地上,发出一声沉闷的巨响,人事不省,血染红了地面,一大片。高强强壮的身躯又重重地压了上去。

躺在医院病床上的老王,气息奄奄。王小山哭喊着叫爸爸。爸爸?老王当管理员都快两年了,就从没听见王小山叫过他一声爸爸啊。

爸爸,我错了。我不该觉得你邋遢丢我的脸,不该说你给学生免费洗衣服。你是我的好爸爸! 王小山泪流不止。

我鼻子酸酸的,上前,问老王,你干吗要冲上去啊,这种时候你怎么能冲上去呢。你真是不要命了你!

老王嘴唇动了动,我赶紧把耳朵贴上去。

谁叫他晃过了我儿子,我儿子可是学校篮球队的队长呢。老王说道。

想上电视的老大娘

　　哎，又是一起农民反映果实被偷的事儿。接到群众来电后，我和摄像小张就驾车前往王村。一路上，我俩都提不起半点儿兴致。说实话，每年夏秋季节，类似偷盗事件的来电多如牛毛，没啥新闻价值。主任本也不想派我们去，只是因为最近有价值的新闻不多，再则来电的是位老大娘，主任这才派我们前去采访。

　　七拐八弯，一路颠簸，终于到了目的地。

　　村口围着一群人，一位老大娘在最前头，看来他们早候着了。见我们的采访车到了，那位老大娘心急火燎地小跑过来，一边说着：电视台的同志啊，总算盼到你们了，快给播播。边上的人全笑了：你以为这是电视直播啊，最早得晚上才能播出。我也笑了，其实这则新闻最早明晚才能播，今晚的新闻档已满。但我没说出来。

　　王大娘紧牵着我的手，急急地往前走。终于到达一片果园。是梨园。黄灿灿的各种梨子挂在枝头，随风摇曳，有种挡不住的诱惑。却不见四周有个可住人盯防小偷的简易铺子啥的，难怪会有小偷光顾。近处，不少果树上的梨子稀稀拉拉，还多是没熟透的，想必是小偷光顾的结果吧。我心想。

　　许是第一次接受记者采访吧，王大娘有些紧张，却又很急切。她催促我们道，好了没有，我好说了没有。待大家在平地站稳后，我示意摄像小张可以开始了,就把话筒递向王大娘。没想王大娘一把夺过话筒,放在了嘴边。想上电视都想疯了,至于吗?我心一阵不悦,摄像小张也直摇头。群众中有人说道:王娘,啥时见你这么着急过啊,偷走的梨子还能要回来?做梦吧你!

我跟王大娘解释了下,拿回了话筒,开始了例行的采访。

王大娘,你说说是咋回事?你家的梨子咋被偷的?说完,我把话筒伸到她嘴边。

咋被偷的咱就不说了。

我好奇怪,不说梨子被偷那你想说啥?

我想对摘我梨子的那些人说几句要紧话。王大娘说。她居然没说偷。

那帮贼确实可恶,是得在电视上狠狠地骂骂。

就是,王娘,你就放开嗓子拉开架势狠狠地咒咒他们吧,也替我们出出气。

边上的群众如此起哄着,气氛很是热闹。

你们别吵了,要不他们就听不到了。王大娘有些不高兴了。

众人就住了嘴,不吭声了。

那你说吧。我又把话筒伸过去。

摘我梨子的那些人你们可听好了。王大娘立马说开了。

我见识过不少农妇骂街的场面,针尖麦芒,针锋相对,你来我往,互不相让,很有看头,也很有嚼头。这回是隔空骂人,该是另一番景象另一种情趣吧。

为防虫害,我老伴对果子喷洒过农药,你们摘去的那些梨子有毒的,不能吃!王大娘说得很着急。看得出来,她是真的很为他们担心。

没想是这样,我、摄像小张,还有众人全呆了。

王大娘越说越激动,不自觉地自个拿过话筒,你们千万不能吃那些梨子啊,若是吃了,感觉身体不得劲儿,就马上到医院去,一刻也不要耽

搁。出了问题,我和老伴会负责到底,该赔多少钱我们就赔多少钱……

我分明感觉自己的脸发烫了起来。我感觉到别人也是。

由于我和小张的坚持,这则新闻当晚就播出了,而且挪至了黄金时段。

当晚,王大娘就打来了电话,很激动,说她看到电视了,这下她和老伴就放心了。

我也觉得可以放心了。

没想,王大娘还不放心,接下来的几天,每天打电话到电视台来,甚至一天好几个,说她和老伴不放心,那些摘梨子的人咋没一个过去要他们负责呢?

我只好说,这就说明他们没吃那些梨子,或者是吃了梨子也没吃出啥毛病。那几天刚好轮到我值班接群众来电。

那边的她咯咯地笑了,那就好那就好,那我和老伴就放心了。

我刚想撂电话,王大娘又说了句,我和老伴商量好了,以后咱家的梨子再也不喷农药了。

我放下电话,内心久久不能平静。

守　　护

老人不是东吴村人,但村人很熟悉他。每年的大年初一和清明,老人都要到村外小山上的那座坟茔前。坟茔很小,石砌的,常年被淹没在四周萋萋的荒草中。每次来，老人都先拔去荒草，将坟墓周围整葺一新。

老人很老了，满脸沟壑，满头白发，写满沧桑。老人膝下无儿女，孑然一身。

很长时间，老人就那么孤独地站着，神情肃然，或沉默，或低语。

村人觉得奇怪，一个小小的毫不起眼的坟墓，竟值得他年年来？都半个多世纪了呀！问他，总是不语。村人不甘心，仍一次次地问，老人最后说了句，不提吧，提起来太伤心。村人就更觉神秘了，神秘的坟茔，神秘的老人哟。

又是一年清明节，细雨纷纷，小路泥泞。老人撑着雨伞，又来了。只是可以明显感觉到，老人的双脚没以前利索了，几乎是蹒跚着向前，歇了好几次脚，总算到了坟前。老人努力挺直腰板，站立，神情肃然。老人低语着。

工友们啊，我快不行了，我怕是不能再来看你们了。说着，老人已是泪花闪闪。也许我不该再沉默了，是该到了让别人知道这段历史的时候了。

没过几天，老人出现在了当地的文物部门。老人声泪俱下地说起了那段不堪回首的往事……

那是几十年以前，抗战时期的岁月。

东吴村一带盛产氟矿，日本兵就派驻了一支部队，长年驻扎在东吴村，掠夺氟矿，为侵华战争服务。远近一带的青壮劳力就被抓来，做矿工。老人也是其中之一。

那是咋样的日子啊。天天下井，没日没夜，不停地挖，繁重不堪。吃的啥？野菜，天天如此，月月如此。干得重，吃不好，就不断有矿工染疾患病。日本兵可不管矿工的死活。死了，就把尸体扔弃，山沟里到处可见啊。日本兵们都懒得掩埋。还有不少矿工，将死不死时，被日本兵拉去，做活人体试验。畜生都不如哪。

矿工们不堪忍受,就寻思着逃离。那次行动,老人和另两位工友有幸得以逃脱,躲进了大山深处。后来听说,那些未能逃脱的工友们全让日本兵活活刺死了,后被抛尸山谷。

抗战胜利后,老人他们三人走出大山,含泪掩埋了那些工友的骨骸,共计三百零五位。

兄弟啊,这里以后就是你们的家了。我们会年年来看你们的!

从那时起,年年大年初一和清明,老人三人都来此看望那三百零五位弟兄。这一看,就是几十年,从未间断过。其间,另两位相继过世,老人一直坚持了下来。

可为什么你不把历史真相早点告诉大家呢?文物局的人不解地问道。

老人顿了顿,缓缓地说道,这是段伤心的历史,我只是不想让更多的人和我一块伤心。

现在,我都半截身子埋进土里了。再不说,就没人知道这段历史了。我不图别的,我只想让更多的人记住这段历史。历史,是不能忘记的!

说罢,老人起身,朝外走去。

刚出门口,却又回来,说道,今后,你们可要好好地保护那个坟墓啊。老人一字一句地,说得很认真。

老人的嘴又动了动,似乎还有话要说,却终究没说。

老人瘦弱、蹒跚的身影渐行渐远,却又分明感觉那身影越来越高大起来。

不久,老人走了。

他的坟墓紧挨着那三百零五位弟兄的那座坟茔。他们又在一起了。

年年的大年初一、清明节,都有人前来看望他们。风雨无阻,从不间断。

老人不会寂寞。

校园风景

老师,我喜欢你

在医院的大厅里,我看了一眼挂在墙壁上的那口大钟,23:12。

咦,怎么下雨了!正推出自行车的班主任钟老师说了句。还好是毛毛雨,不碍事。

见我还愣着,钟老师对我说道,傅莎莎,还不快过来,回学校去。

钟老师已经把双腿夹在了自行车的横杠上了。

我走了过去。忽然又听钟老师说,等等,等一下啊你。话音未落,他已经下了车。我狐疑着,不知他要做什么。

车后座都湿透了。他说着,四处张望,寻找着什么。却是一无所获。

钟老师左手扶着车把,右手擦着车座,努力地擦着。

我终于明白过来了。这怎么好意思呢,钟老师。我边说边上前阻止。

钟老师却不高兴了,这么湿,你咋能坐呢。他吩咐我道,你来,帮老师扶着车把。语气柔和,却不容置疑。我照办了,小心地扶着车把。车把锈迹斑斑。

钟老师轻轻地坐在车后座上,来回挪动着屁股。

这下好了,不湿了,你可以放心坐上去了。钟老师微笑着。

原来这样啊。我的脸上一下子就爬满了一条条的小河。

街上静悄悄的,只有一盏盏路灯还在无力地闪烁着昏暗的光。毛毛雨,仍在不急不躁地下着,也下到了我的心里。我的心,也湿湿的。

坐在干干的车后座上,看着因为努力蹬车前倾着的钟老师的瘦瘦的后背,我泪眼婆娑。

中考失利,对我打击很大。先前,班主任和初三各任课教师都认为我必定能考上重点高中。殊不知,我发挥失常,只上了这所在镇上的普通高中。高中阶段的第一个期中考试,我成绩在班上名列中后段,要知道初中三年,我的成绩从没掉过班级前三名啊。

我意志消沉,整天迷迷糊糊,开始出现了厌学情绪。班上的两个女生和我前世有仇似的,一见面就讥笑我,给我白眼,我岂肯轻易退让,于是双方的口舌之战几乎天天发生,教室里,走廊上,寝室内,食堂边。钟老师没少在我们身上花心思,可收效甚微,我们依然故我。多管闲事,还是多放点儿心思在你自己孩子身上吧。我常这样想。那时钟老师的女儿才不过一周岁多点儿,老婆在另外一个离学校很有一段距离的单位上班,虽有他的母亲来照看,但作为班主任的钟老师显得更忙了,每天只见他忙碌着的身影。

今晚不争气,肚子突然疼得厉害,没办法,只好一人出来叫醒公寓管理员。自然没少被她一顿臭骂。

从公寓出来后,说真的,我真不想也不敢这么晚了还去打扰钟老师,可是学校的医务室早关门了,我实在没有办法了,大不了也挨他一顿臭骂。我豁出去了。

知道我的事情后,钟老师很着急,说,快上医院,医务室可能看不了!

推出自行车就和我上路了。他竟然没有骂我,一句也没有!

医院里,钟老师又是挂号又是付费,跑上跑下地忙个不停……

可我当时还在心里说,谁叫你是我的班主任呢。

进了校门,钟老师一直把我送到了学生公寓,竟然还不放心,又和管理员沟通了一会儿,直接送我上了寝室。

在寝室门口，钟老师爱怜地对我说，肚子现在不疼了吧？不要忘记按时吃药，注意身体啊！好好睡个觉。去吧！

我刚想关门，钟老师说，等等，等一下啊！注意……

我打断了他的话，知道了，注意动作轻点儿，别吵着别人！说完，我笑了。

钟老师也笑了，你这鬼丫头！

看着转身离去的钟老师，想着今晚和平时他为我的操劳，我分明感觉有句话从心里翻滚到了嘴边，我不说都不行了。我跑上去，说，钟老师，我喜欢你！

说完，我对钟老师深深地鞠了一躬。

钟老师一愣，随即一笑，说，那就看你今后的行动喽！

我当然知道，钟老师说的我今后的行动指的什么。

就告诉你结果吧，两年后，高考，我以全市第二名的成绩考上了浙江大学。

这是我们学校建校以来的头一回。

想娶媳妇的小男孩

刚下课，小钱老师就到我办公室来了，气冲冲的。

小钱老师刚大学毕业，工作认真，很有激情，对学生总是一副恨铁不成钢的样子。小钱老师经常到我这里来诉苦。不知今天又发生了什么事。

小钱老师重重地一屁股坐在了椅子上，她还在生气呢。我问：怎么啦？

小钱老师气呼呼地说：真是气死我了，这个王大利！简直没法教了！

我递给她一杯刚倒好的茶，小钱老师很不客气地就咕咚咕咚地喝了几大口。

小钱老师就说开了，那张年轻的脸憋得通红。

刚上的是作文课，我有意训练学生的想象力。我要他们说说如何描写环境污染。学生倒都很积极认真，发言踊跃，有说家乡小溪里的水变黑变臭了，有说农村的山越来越光秃秃了，有说天空变得越来越暗了，有说家乡的小鸟越来越看不见了，如今就是麻雀都少见了……我频频点头，不断地表扬着他们，既有直接描写又有间接描写，同学们说得都很好嘛。我看时间差不多了，正准备进入下一个环节。我很开心。可是王大利马上就不让我开心了。

王大利突然就站了起来，大声说着：老师，我还没说呢！

我看了他一眼，本想批评他一下，回答问题不举手就自个儿站起来了，没礼貌嘛。可看他那急切的样子，想想平时课上他发言也不怎么积极，难得这次这么积极，就点头同意了。

王大利说：水里的鱼都跑到岸上来了，我每天都看到一群群行走在岸上的鱼。说完，王大利还得意地看了看我，还很神气地环视了一遍整个教室。

哈哈哈……片刻间，教室里就炸开了锅。

笨蛋，鱼哪会在岸上走啊！

哪有活在陆地上的鱼？鱼只能在水里，一到岸上它们就全死光了！真傻！

同学们全都在讥笑着王大利，毫不掩饰，毫不顾忌……

王大利急了，急得脸蛋通红通红：你你……你们……我我……王大利结结巴巴着，一句囫囵话也说不出来。王大利把眼睛投向了我，一副期盼的样子。

这个王大利，发言不举手，自个儿站起，毫无纪律观念，又搅了教学秩序，害得我完不成教学任务！我气不打一处来，我怒气冲冲：王大利，你的想象力也太丰富了吧，鱼离不开水这可是三岁小孩都知道的常识啊，可你竟然说"我每天都看到一群群行走在岸上的鱼"，麻烦你以后回答问题前动动脑子！好吗？坐下！我狠狠地对他下了命令。

王大利无力地坐下了，那双眼睛里充满了失望，还有敌意。

说完了？我问小钱老师。

说完了。这还不够啊，这个王大利，气死我了！小钱老师怒气未息，拿起茶杯又咕咚咕咚地喝了几大口。

我没有对王大利的行为和小钱老师的做法表态，我很平静地对她讲了一个故事。

小季老师也是个语文老师，也是一堂作文课，命题作文《我的愿望》。同学们都在认真地思考着。小季老师要求同学们先说说自己打的腹稿。

几分钟后，便有同学举手发言了。同学们的愿望五花八门，有说长大了当科学家的，有说做大生意当大老板的，有说以后当老师的，有说当歌星影星的……小季老师频频点头，不时地表扬着他们，无论怎么说，这是孩子们自己的愿望，自己的人生理想啊。

小季老师刚想说，腹稿就先说到这里，下面请同学们正式把作文写在本子上。可同学们似乎意犹未尽，叽叽喳喳着。其中有个叫高小民的同学几次看了看小季老师，嘴巴一张一张的，明显想发言。

小季老师便示意高小民起立发言。

可没想到高小民同学会那样说,谁都想不到啊。

高小民站了起来,嘴巴嗫嚅着,努力想说话,却欲言又止,还拿眼角瞟小季老师。小季老师急了:你倒是说话呀!

高小民鼓了十二分的劲儿,终于说了,声音很轻:我的最大愿望就是快点儿娶个媳妇……

高小民虽然说得很轻,可小季老师还是听到了,同学们都听到了。

哈哈哈……全班同学哄堂大笑。

谁能想到一个才十几岁的孩子会说出这样的话来!

我还没说完呢。高小民急红了脸,把眼睛投向小季老师,一副求助的样子。

小季老师气坏了,竟有学生这样说,你说你才多大啊!

说个屁,你还不嫌丢人啊!小季老师课也不上,甩掉课本,气呼呼地去向校长汇报了。

第二天,高小民的位置就空了,后来桌子也拿走了。

季老师,你说的那个小季老师就是您自己吧?小钱老师小心翼翼地问我道。小钱老师一直在用心地听着。

嗯。那时我和你一样,刚大学毕业,有的是一股激情,有的也只是一股工作的激情啊!我揉了揉眼睛,那里面有湿湿的东西。

后来呢?小钱老师很想知道结局。

后来我才知道高小民家的情况。高小民的爸爸在采石场炸断了腿,只能躺在床上。高小民的妈妈无法忍受这种生活,不辞而别,不知去向。高小民当时最大的愿望就是能娶个媳妇回家,帮洗衣做饭,好好照顾瘫痪在床的爸爸啊。一个多么单纯,多么可爱的愿望啊!哎……他爸爸不堪其辱,喝农药,差点儿闹出人命。心力俱疲,高小民的爸爸从此身体每况愈下,第二年就去了。唯一的亲人也走了,高小民从此离开家乡,至今无人知道他在哪里。这些情况我们知道得太晚了。罪过啊,我当时干吗不让高小民把话说完呢,我们做老师的干吗老是不让学生把话说完呢!

我的眼前已经模糊一片。

我递给小钱老师一本书,叫她看一篇小小说。

小钱老师看了,是小小说名篇《行走在岸上的鱼》。小钱老师呆住了,她泪眼婆娑:季老师,我错了,我知道该怎么做了!

寒 夜

寒冬,深夜。

老赵却没睡,蹑手蹑脚地,披衣,掀被,起床。

老伴醒了,干什么,你?咋深更半夜不睡觉?

老赵抱歉地笑笑,还是把你弄醒了。其实也没事,好像外面下大雪了,想起来看看。

下雪了?下雪有什么好看的,咱们都半百开外的人了,还没见过下雪吗?真是的。老伴觉得有些不可思议,嘴里嘟哝着,翻了翻身。

你睡吧,我去看看,就回来。正说着,老赵已疾步走到了屋外。

哇。好大的雪!像鹅毛般纷纷扬扬地往下落,地上,树上,屋子上,全白了,白得晃人眼,宛如整个世界正被巨型探照灯给照着。屋子边上的几棵樟树的不少枝儿被雪压得弯下了腰,嘎吱嘎吱地响。

雪咋下得这么大,天气预报没说要下雪啊。老赵的眉头紧锁了起来,疾步往前走去。

那雪下得正紧。一会儿工夫,老赵就成了一个雪人。

这是所学校,初中,不大,就读的都是附近几个村庄的孩子。一般也不留校,孩子们每天早上来上课,下午放学回家,天黑前都能到家,误不了事。小镇近几年来乡镇企业建了不少,经济发展很快,吸引了西部不少拖家带口的民工来。那些孩子的就学便成了新问题,单独建个民工子弟学校吧,各方面条件尚未具备。可是孩子们的学业不能荒废啊,在校长老赵的一再要求下,小镇唯一的这所乡校便成了他们的学习园地。

这不,刚今天又有两个孩子来入学,父母居然还背着大大小小的很多包裹。老赵想,真有趣。老赵心里却欢喜得很,连民工朋友们都这么重视孩子的教育了,好事啊。校长老赵竟亲自帮他们办好了入学手续。却不见那对夫妻有要走的意思,眼睛怯怯地盯着老赵,见老赵看过来,又急急地低下头,一副欲言又止的样子。老赵便问,还有事吗?尽管开口。

妻子看了丈夫一眼,又看了看老赵正微笑着的脸,终于鼓起勇气,说出了实情。原来,他们一家子丢了工作,刚从外地过来,还没找到落脚点,想今晚在学校借个地方睡一宿。未及说完,妻子便低了头,像个做错了事的孩子,眼却红红的,有泪珠滚落。丈夫急红了脸,说,对对对,是这样,只是不好意思,麻烦老师了。就一个晚上,明天一早我们就走!我们真的是走投无路了呀。丈夫说得很急,生怕老赵要立马驱赶了他们似的。两个孩子都快把头埋到裤裆里了,手在不停地拨弄着那身破旧衣服的边角儿。

老赵认真地听着,惊呆了,我们可爱又可怜的民工朋友啊。

当下,老赵就为他们安排妥当,腾出了一间屋子。晚上,又去看了,直到看着他们睡下,老赵才安心地回了家。

老赵已经站在了那间屋子底下。学校已经年久失修,不少教室都已成了危房,这间屋子也是,木门泥墙土瓦,漏雨灌风的。老赵忽而觉得对不住孩子们，对不住屋子里正睡得香沉的这家人。

那雪，依然下得正紧。

老赵抬头，见屋顶已被雪压得不堪重负。老赵的担忧还是出现了。老赵正想踢门进去，却又转身急急地朝自家跑去。大雪一下子就把老赵吞没了。

对不起，撞疼你了吧。路上，老赵撞倒了一个人，老赵急忙去扶。

哎呀，你个死老头，你小心点儿啊！竟是自己的老伴。小梯子，铲子，竹竿，已落了一地。

深更半夜的，你起来干啥呀。小心你的关节炎！老赵责怪着老伴。咦，怪了，你咋知道要带这些东西来？老赵问道。

你不也有风湿病嘛。明年就退了，还这么拼命。别人不了解你，我还不了解你呀。你准是担心那雪，担心那屋子，担心那一家子人！所以，我就带家伙来了。老伴拍了拍身上的积雪。没事，一起去撩那屋顶上的雪吧！

老赵说，你呀……

你没吵醒那一家人吧？老伴问。

没哪，哪忍心啊。老赵说。快点走吧！

大雪中，两个老人相互搀扶着前行……

毕 业 照

施展，黄慧，叫上几个同学，去把校长、书记还有学校的其他领导请来，还有，不要忘记各任课老师！高三（6）班班主任陈老师认真地吩咐着。施展和黄慧分别是班长和团支书。吩咐完后，陈老师又和摄影师一块为合理安排位置忙开了。

快毕业了，高三各班今天拍毕业照。同学们像一只只在笼里关久了、刚被放出来的鸟儿，开心得很。

老师和领导们陆续到齐了，位置坐定了，镜头也取好了，一切准备就绪，摄影师准备开拍。

突然，陈老师对摄影师喊了句：停一下！

陈老师走出位置，显得很不好意思，对大家说道：真是对不起啦，一忙，把班上的方小晴同学给忘了。她还没来呢。

校长脸上显出一丝不快，问陈老师怎么回事。其他领导、老师也不高兴了，好不容易抽出时间来，咋中途出岔子了呢。分明是事先没组织好嘛。

真是浪费时间。

就是，刚才还浪费我的感情了。

有老师发出了抱怨声。

陈老师只好再次向大家道歉，并说了方小晴同学的情况。

几个月前,方小晴在体检中被查出患了重病,只好住院治疗,从此再没能回校学习。病中的方小晴却不忘复习迎考,身体稍能吃得消,便抓紧时间复习功课。方小晴说,她还要参加今年的高考。方小晴还说,她时刻想着班上的同学和老师,叫陈老师不要忘记拍毕业集体照那天通知她,她要回学校拍照。

陈老师懊悔极了,今天拍毕业照,怎么还真忘记通知她了。

校长听了,感触地说:应该通知她来。

陈老师说了声谢谢校长,就拿起了手机。

电话那头,方小晴的父亲说:谢谢陈老师,谢谢学校!小晴在学校的表现一直不大好,她生病后,你们为她捐款,还一次次到医院来看她,今天也没忘记通知她回学校拍照。我真不知该怎么感谢你们!可是现在,小晴处于深度昏迷中,她,她不能来学校了。电话那头的声音哽咽了。

陈老师很难过,挂了电话,对大家说:方小晴病情加重,不能回来拍照了。

现场一下子安静下来。

顿了下,陈老师对摄影师说:不等她了,咱们拍照吧。说完,往自己的位置走去。

不,要等!突然,校长斩钉截铁地说道。你们班今天先不要拍了,等方小晴同学病情好转了,把她接回学校,那时再拍。

是啊,集体照嘛,还是毕业照呢,很有意义的,什么人都可以少,同学一个也不能少!改天再拍吧!书记说道。

陈老师泪眼婆娑,竟面对大家,鞠了个躬,连说谢谢。

现场已是唏嘘一片,不少同学流泪了,几个女生甚至哭出了声。

接下来的日子里,师生们都关注着方小晴,希望她能尽快好起来,回校和大家拍毕业照。同学们还希望能和方小晴同进考场,同上大学呢。

可是,方小晴再也没有醒来,她就这么走了,带着无尽的遗憾和未了的心愿走了。

本该在方小晴身体吃得消时就拍毕业照的,我怎么没想到呢。陈老师的心,一直内疚着。

当然,高三(6)班的毕业照还是拍了。你要是看了那张照片,可能会感觉有点儿奇怪,正中间的那个位置,怎么是空着的呢?

是的,那个位置是给方小晴同学留着的,永远留着。

班上有个女生叫小薇

班上的小薇让我欢喜让我忧。欢喜的是她的成绩不错,经常能进班级前十,忧的是成绩不稳定,有几次单元测试成绩仅列班级中游。任课老师一致说她上课专心,作业认真,心态也好。难道是家里的原因? 我决定去家访。

按照学生报到单上的地址,我一路打听,费尽周折,终于找到了小薇的家。这是怎样的一个家啊。房仅一间,还是土坯房,外墙连石灰都没涂,黄黄的墙面凹凸不平,直刺你的眼。门是木门,因岁月的长久剥蚀,早已破败不堪,我都不忍去碰,怕一碰,它就会瘫倒。

门开着,我边喊着小薇的名儿,边往里走。屋里昏暗,却没开灯。好一阵,我的眼睛才适应过来。屋里的陈设简陋,除了桌椅床,几乎没有其他物什,唯一可唤作电器的是一台十七英寸的黑白电视机。一家子的东西都挤在一屋,空间相当狭仄。我的鼻子一阵发酸。

小薇也看见了我,很是惊讶,立即从椅子上站起,还有些紧张:"老师,你怎么来了?"又去拿了个大碗,忙着给我倒茶。

"怎么不开灯呢,屋里这么暗,小心别近视啊。"我看到了椅子上正摊开着的作业本。

小薇笑了笑,羞涩地说:"妈妈不让,说开灯费钱。"我看得分明,小薇笑得很勉强。

"妈妈呢?"我随口问道。

"在田里干活。我妈可能干了,一般的男劳力都不及她呢。"小薇又笑了,笑得很自然,很好看。

"是吗?"我也忍不住笑了,"那你爸爸不是可以轻松许多?"

"我,我没有爸爸了。"小薇眼里有泪花闪动。

我一惊,"你爸他?……"

小薇没回答,只是用手一指。我顺着看过去,对面山坡上,一抔黄土堆砌的坟茔。我的鼻子一酸,连说"对不起"。作为她的班主任,竟然一点儿不了解她家的境况,我真是失职啊。

"家里有客人啊。"这时,一个扛着锄头的女人迈进了屋。"小薇,你咋不叫客人坐呢。"

"妈,他是我们的班主任。"小薇说。

女人忽然紧张起来了,"怎好意思让老师来呢?你看,我这家不成样子,让老师笑话了。小薇快给老师倒茶。"

"小薇已经倒过了。"我说。

"好好。老师请坐。"女人放下锄头,麻利地拿抹布狠劲地擦椅子。

这时,我才看清女人。女人很瘦小,脸上沟壑纵横,显老,却很坚毅,衣裤上打着不少补丁,却又不显邋遢。女人瘦弱的肩膀挑着怎样的一副重担啊。

"老师好。"一个小女孩的声音从门口传来。我看过去,顿时傻眼了,怎么又来了一个小薇。再回头看看跟前的小薇,二人长得一模一样。这怎么回事?

　　女人看出了我的疑惑,说道:"她俩是双胞胎。大的叫小薇,小的叫小倩。"

　　没想,这次家访还有这样一个意外的收获。可我新的疑惑又来了。我问:"我班上的究竟是小薇呢还是小倩? 另外那个在哪个班啊? 怎么从没听老师们说起过呀。"

　　小倩眨眨眼,调皮道:"我们两个都在你班上啊。"

　　"不可能,我班上只有一个,你们姐妹中的一个。不过到底是小薇还是小倩,老师可分不清了。"我实话实说。

　　"真的,老师,我们不敢骗你。"女人说。小薇也点头。

　　可我班上的确只有一个啊。这下我更疑惑了。

　　事已至此,女人就跟我道出了实情。

　　原来,小薇和小倩是轮流上学。不上学的那个就在家做家务,或跟妈妈一块下地干活。如此可减轻一半的读书开支。上学的回来后,就帮在家的那位补习功课。至于考试,碰到谁上学就谁考。相比较,小薇成绩要好些,小倩的几次单元测试成绩不是很理想。

　　我听着,不觉间脸上已爬了两条小溪。

　　女人最后说:"不好意思,骗了老师和学校这么久。实在不好意思。可家里实在穷啊,没办法。"女人擦拭着眼睛。小薇和小倩也哽咽了,齐声道:"老师,对不起! "

　　"是老师对不起你们。"我的鼻子酸酸的。

　　"老师,我们可不可以都……"小薇和小倩看着我,充满期待。

　　"老师知道你们想说什么。放心,老师会让你们都考大学,都考上大学。"我坚定地说。

我已下定决心，要让姐妹俩都到我班来，我要说服校长减免她们的学费，我要尽我最大的努力，把姐妹俩都送进理想的大学。

最后一场考试

"离考试结束还有十五分钟！"

我例行地说着，声音很响，还带点怨气。

这是本次期末考试的最后一场考试，过后，学生的寒假便算正式开始了。学生们早已归心似箭，无心答题，离考试结束还有半个多小时，便陆续有学生交卷了。现在偌大个教室里只有她一个学生，还有我这个监考老师。每年期末的这最后一场考试，学生总是提早交卷，都想早点儿逃离学校——这个关了他们一个学期的大樊篱。对这，大家早已熟视无睹，见怪不怪了。

教室外早已是车声喧嚣，人声鼎沸。不少家长正忙着给自己的孩子搬这搬那，接孩子回家。

我特意看了看她。她穿着普通，普通的衣裤，普通的鞋，但很清爽；短发，手很干净；只是身材矮小，面黄肌瘦，许是营养不良的缘故吧。一看就知道她来自农村。我所在的这所学校生源大多数是城里的，只有少数来自农村，而能进得来的这些农村娃子，他们的学习成绩在当地肯定是出类拔萃的。

试卷早答完,她正低头认真地检查着。

说真的,我希望她快些交卷,都11:35了,我的肚子早饿得咕咕直叫。而且,其他监考老师差不多都走光了。作为监考老师,我不能催她交卷完事,但我已在心里怨恨起她来了。你这个学生也真是的,别人都交卷了,就你一个不交,要是平时学习认真点,早该胸有成竹地交卷了!监考到你,算我倒霉!还好才监考到她仅这一场,否则真够呛!

我无心监考,在教室里不停地来回踱着步,有意无意地看她几眼。但见她正全身心地投在试卷上——可能在她看来,这就是她的战场呢。战斗未最终胜利,她岂可轻易下火线!

又看她时,见她正举着手呢——这是考场上学生找监考老师有事的信号。

我没好气地走了过去。

老师,能不能让我检查完,就快了!

我真想说,好了,交卷了你。但看着她那双满是祈求的眼神,我又不忍心了。

我说,没关系,还没到交卷的时间呢,你认真检查就是了。老师会陪你到最后的。

我知道自己说了违心的话了。

谢谢老师!她非常高兴,脸上显出了两个浅浅的极好看的酒窝,她又低头认真地检查起试卷来了。

终于到交卷的时间了。我快速地收点好试卷,飞一样地出了教室。

隐隐听到后面一声"谢谢老师!"。

中饭后,没想竟在学校门口碰到了她。

老师,你好!她远远地就叫了我一声。

我这才注意到她。她正站在一左一右几个大袋子中间(看得出其中一个蛇皮袋里满满地装着书本)——给我的感觉是她被埋在了其间。

她满脸是汗,想必是这两个大家伙把她折腾得,宿舍到校门口有好长一段距离。她正在等回家的车。

老师,没怨我吧。我知道你是全校最后一个交上试卷的老师。都是因为我,对不起啊,老师! 她的脸微微地泛起了红,仿佛真是做错了一件什么事情。

没有没有,哪会呢! 我忙说道。可我分明觉得自己有些心慌,脸也隐隐地发烫。

我问了她的家,果然是在农村,离这儿还挺远。

怎么带这么多书回家啊,弄得这么沉,好像没必要啊。我说。

不多啊,寒假这么长时间,不看点书怎么行。她认真地说道。

嗯,好样的。我由衷地表扬她。我女儿要是有你一半懂事,我就省心多了。

她听了,浅浅地一笑,一副很不好意思的样子。我又看见了她那两个好看的酒窝了。

怎么不见你爸爸妈妈来接啊,这么远的路,你又一个女孩子家。我不无担忧地问道。

不用,我都十七了,不小了! 再说,我爸爸妈妈正忙呢,没空来接我的。我老早跟他们说好了,我自己能回家。说这话时,她微笑着,一脸的自信。

"爸妈,你们倒是快点儿呀! 你们怎么这么慢啊!"

"爸,我要坐副驾驶室!"

其时,边上不时有学生经过,都有父母陪在左右,父母手里都拎着大包小包,开着私家车。

老师,车来了。我要走了,再见! 她说着,费力地拎起那几个袋子,吃力地往前挪去。

我忙上去帮忙。她连说不用,见我执意要帮,她又连说谢谢老师。

车启动了,她摇下车窗,挥舞着右手,老师,新年快乐!

我也挥舞着右手,大声喊着,新年快乐!

一路走好!

我在心里默默地祝福着,为她,这个可爱的农村女孩儿。

给学生一个拥抱

最近一段时间,我发觉班上的方小健整天闷闷不乐,下课就坐在位子上,同学跟他打招呼,他也爱理不理的。以前的方小健可不是这样的啊。他性格开朗,活泼好动,课上数他发言最积极,活动课上也数他最活跃。他不光成绩好,人缘也不错,同学都爱和他交往,他也喜欢和同学玩在一块。

看来他肯定是遇到什么烦心事了。

课余时间,我把方小健叫到了办公室,问他到底怎么了。出乎我意料,任凭我怎么问,怎么开导,他就是一声不吭。我无果而退,只能另想办法。方小健那低着头,眼里饱含泪水的样子一直在我脑海里闪现,挥之不去。

没想第二天,方小健没来上学,这可是从来没有过的事。问题越发严重了。

我决定利用这个双休日去家访。

方小健父母见我来了,很热情地让座,沏茶。方小健父亲即刻去了里屋,小健,快出来,你班主任来了。我以前来过方小健家,和他父母彼此认识。

方小健很快出来了,低着头,看我一眼,含着些许敌意,就径直走了出去,任凭父母怎么喊也不停下脚步。

这孩子,这阵子就这样,吃饭没胃口,话也不爱说,就一个人待着。说完,小健母亲重重地唉了一声。

是啊,完全变了个人,刚才看到老师来也不搭理。请老师别见怪啊。方小健父亲抱歉地说道。

哪里,不会。我笑着说。小健在学校差不多也是这样。真是反常啊。是不是家里出什么事了?我小心翼翼地问道。

小健母亲竟起身把门关了。我的心一沉,敢情是出大事了。

您是小健的班主任,就照直跟你说吧,你要帮帮我家小健啊。方小健母亲未语流先泪。

我心一紧,忙安慰道,别急别急,慢慢说,我们大家一块想办法。其实我心里也很担心,不帮小健尽快解决这个问题,对他今后的成长很不利。

原来,最近体检,方小健查出患了乙肝。不知怎的,这消息村人都知道了,说乙肝会传染,村人都不再搭理他了,看见小健过来,远远地就躲开,还指指点点地说个不停。以前伙伴们和方小健一块上学、放学的情景也从此不见。方小健每天孤零零地一个人上学、放学。

我心里一阵愧疚袭来,作为他的班主任,我先前竟然对此一无所知。我又松了口气,问题比我预料的要好些。我说,大家对乙肝认识不清,把它看得过于严重了。乙肝会传染,这没错。但,其实它的传播途径很有限……我把自己所了解的有关乙肝的知识和盘托出。方小健父母一直认真地听着,眉头逐渐舒展开了。

去医院配点儿药还是有必要的,你们还得配合小健,做好工作啊,特别是心理上的。我吩咐道,小健的父母频频点头。

将方小健叫回来后,我问方小健为什么不来上学。方小健低头,不停地用脚踩着地面,好久才说了句,你不是已经知道了。我得了那种病,会传染人的。

谁说会传染的? 会传染老师还叫你回去? 我微笑着,尽量把语气放轻松。

方小健抬起了头,看着我,半信半疑。

真的,老师还会骗你吗? 说着,我握住了他的手。下礼拜回学校,好吗?

方小健使劲地点了点头,泪水悄然滑落。

星期一,方小健第一个到校。

我是第一节课。课前,不少同学围住我问方小健的事。我很欣慰,看来大家还是挺关心他的。在同学面前,还是隐瞒小健的病为好,我想。

课上,未及我说话,和方小健同村的王大力忽然大声说道,方小健得了肝炎,要传染的,他不应该来上课!

班里顿时大乱,方小健的同桌都吓得离开了位置,有胆小的女生竟嘤嘤地哭开了。方小健大惊失色,坐在座位上发呆,眼泪不停地在脸上爬行。

王大力你胡说八道! 我对王大力吼了句。看来隐瞒是不行了,但现在也不是骂人揪人的时候,稳定班级是当务之急。

我很快镇定下来,我轻声细语地对同学们说起了乙肝,有关乙肝的病因,乙肝的防治,乙肝患者及周遭人群的注意事项……我又讲起了同学之间应该如何和睦相处,互帮互助。

教室里很安静,五十多个十多岁的孩子听得很认真。

最后,我叫方小健到讲台上来。方小健疑惑着走上来。

来，老师给你一个拥抱吧！

我把方小健紧紧地拥在怀里，久久没有松开。

教室里掌声雷动……

那年我二十一岁。第二年我随男友到了城里工作，离开了教育岗位。

但我一直记得方小健，记得那帮可爱的孩子。

后来，我知道方小健考上了省城一所师范大学。

我想，此时此刻，方小健老师正认真地在给他的学生们上课吧？

请你先别笑

说个故事，国王与千里马的故事。

这阵子，国王很伤心，整天提不起精神，吃不好饭也睡不好觉。都城也仿佛被一种悲伤的气氛深深笼罩了，毫无生气。

为啥会这样呢？原来国王的千里马不见了。国王的这匹千里马，浑身雪白，健硕有力，人见人爱，国王更是视之如千年宝贝。要知道，千里马曾经跟随国王南征北战，战功赫赫。国王每日起床的第一件事就是看望千里马，每日要做的一件事是独自骑马出城，去城郊溜达。对，就国王自己一人，他从不让近臣、侍卫跟随。国王实在是太爱这千里马了。可是现在，千里马却不见了，怎能不叫国王愁眉不展、心急如焚呢。

曾经有邻国的大商人出高价购买这千里马，价钱竟出到了一千个金币,可国王就是舍不得。大商人悻悻而去。

全城百姓都在关注千里马的下落。

其实,千里马是国王自己给弄丢的。

那天,他照例独自在城郊遛马。忽见一老人躺在路边。老人衣衫褴褛,蓬头垢面,还不住地呻吟,看样子病得不轻。仁慈的国王即刻下马询问。老人说,他是一路乞讨到这里的,已经好几天没吃饭了,原本腿脚不灵便,又生了病,都快不行了。自己还有如此落魄的子民,国王愧疚不已,坚决地搀扶老人上马,又弯腰拾起了地上老人的拐棍。不承想,正当这时,老人突然哈哈大笑起来,说,之前我拿一千个金币买此马,你却不允,现在好了,这千里马归我喽,你却一块金币也得不到!说罢,老人策马扬鞭而去。国王大怒,却也无可奈何——老人竟是那个买马不成的邻国大商人。他乔装改扮,如此轻而易举地就从国王手中骗去了他心爱的千里马。

国王从未向其他人说过千里马失踪的真情,包括王后。他是怕国人笑话吗?也许是吧,毕竟对一个国王来说,这是件很不光彩很没面子的事儿。

现在,国王天天独自在城郊徘徊,他在等那个大商人的出现。

大商人还真出现了。

大商人说,看你可怜,你出个价吧?

国王摇摇头,急切地说道,马,可以归你,钱,我分文不要。但你要替我保密,不要让任何人知道我怎么丢的千里马。

你不要钱倒出乎我意料,大商人说,可要替你保密,早在我意料之中啊。不瞒你说,这也是我还敢回来的原因。放心好了,我会替你保密的,永远。毕竟国王是最怕人嘲笑的。商人说完,大笑不已。

同学们也窃笑着。

每当我跟一届届学生讲这个故事的时候,每讲到此处,同学们都会笑起来,仿佛他们就是故事中的那个大商人,笑国王的死要面子,活该整

天吃不好饭也睡不好觉。

我接着说，可是接下来国王的话让大商人立马止住了笑。

国王一字一句地对大商人说，不，你错了。我是担心别人知道这件事后，会从此怀疑落难在路边的人都是骗子、强盗，从而失去人与人之间原本该有的信任、友爱和互助。谁没有失意、落魄的时候呢？你说是不是？

再看同学们，个个立马止住了笑，宛如自己就是故事中的那个大商人。

教室里静极了，每个同学都陷入了沉思……

老师的记忆力

母校的阶梯教室里很热闹，欢声笑语一阵阵，传得很远，连树上的鸟儿们都被感染了，在枝头上欢快地跳来跳去，叽叽喳喳地叫个不停。

是啊，自十年前高中毕业，大家就各奔前程，大多数同学彼此断了联系，也再没见过面。如今，同学会使大家又聚在了一起，看看这十年的容颜变化，说说这十年的人生风雨，再想想当年在校的点点滴滴，真是感慨良多。

这次同学会是班长倡议和组织的，同学们积极响应，班主任高老师也很开心。现在好了，全班五十二位同学，能来的都来了，没来的也带来了问候和祝福。老师这边,班主任高老师自然在场,难得的是,其中几个任课老师也来了。同学情深,师生意浓啊,毕竟是在一起共同度过了三年难忘的美好时光。

聚会伊始,高老师介绍了母校这十年来的变化,然后,高老师和各任课教师简单地回顾了自己这十年来的教书生涯。同学们热情很高,不时地鼓掌,为老师们的默默耕耘和煌煌成绩。

接下来,照例是由同学轮流着介绍自己毕业后的人生经历。可是,按怎样的一个顺序好呢? 还是班长脑子转得快,班长说:我看这样好了,班主任叫到谁的名字,谁就站起来说。大家说好不好? 众人齐声说好。班长开心极了,抱拳施礼道:谢啦谢啦,谢谢各位!

大伙全笑了。

高老师有些意外,本想拒绝,但觉得不好折了大家的兴,想自己记忆力向来不错。高老师就站起来,说道:班长的这个主意倒挺有新意,含有很高的技术含量哩。算他这几年没在科技局白待!

大伙又笑。会场里充满了快活的空气。

民意难违啊,那我就开始点将了。先从班长王强开始吧。高老师笑道。

班长王强就滔滔不绝起来,一副志得意满的样子。

高老师点了团支书的名字,团支书也满心欢喜,大谈起了自己的成功之道来。

接着是高丽、陈前、廖威、李铭……都是曾经的班委。

发言后,大伙鼓掌,很响亮地鼓掌。

下面有请黄晓城发言。高中三年,年年都是三好生,不容易啊。高老师满脸笑意,并带头鼓起掌来。

王涛,该你了。高老师又点将了。你三年的寝室长当得不错,每周全校的纪律卫生优胜榜上,经常有你们寝室的大名哩。班上其他寝室长都换过，你却是唯一的例外，连当三年。直到现在，老师都还记得呢。高老师竟然有如此惊人的记忆力，大伙就使劲地鼓掌。王涛的眼睛湿润了。

王启帆，这下该轮到你了！高老师大声地点了王启帆的名。这个王启帆，用高老师当年的话讲，是班里的"害群之马"，学习不努力成绩很差不说，还屡屡违反班规校纪，影响极坏，最后背了个处分毕业。

对不住啦，王启帆同学，不过主要责任在你自己，谁叫你一开始启帆就开错了航向。王启帆说：哪能怪您呢，高老师。要怪也得怪我老爸，谁叫他还没教我怎么开船，就给我起了这么个名字呢，我难以驾驭啊。

同学中有轻微的笑声。

高老师又点了黄小倩的名，她是那时的班花，现在仍很漂亮。

高老师顿了顿，说：现在要请施展出场了。要说施展呢，各方面的表现其实都挺好，就是有那种问题，委婉一点说，就是和班上的史奇珍同学之间关系过密。对吧？

哄的一下，大伙全笑开了。

高老师，你有所不知，如今他俩真成夫妻了。有同学说道。

是吗？高老师笑道。如此说来，当年的坏事如今成好事了。

大伙又笑。

最后，只剩十几位同学没被高老师点到名了。

面对着那十几位同学，几位任课老师似乎想不起他们的名来了，有几个甚至连相貌都模糊得很，仿佛压根儿就不曾是他的学生。

高老师脸上的笑意一点点地消失了。大伙都不说话，拿眼看高老师。那十几位同学没趣地低了头，无措得很。

这十几位同学有些共同点。一直以来，遵守纪律，成绩一般，非"官"非"优"（不是班委也没得过优秀）。用当年老师们的话说，就是各方面都处中游，默默无闻，少了他（她），谁也不会觉察。

但高老师在沉默了一会儿之后，一个一个地叫出了他们的名字……

想留长发的小男孩

　　韦德是小学三年级的学生,喜欢玩篮球,和 NBA 著名球星韦德同名。许是爱屋及乌的缘故吧,小韦德也喜欢留短发。你看球星韦德,不也是一年到头留着板寸头吗?

　　妈妈却不喜欢他留短发,说难看,头发留长点儿,多飘逸啊,还可以经常变化发型,那才是小男孩该有的头发呀。老师呢,虽然没有明确表示,小韦德看得出,老师也不大喜欢他那板寸头,太短了,几乎和光头差不多。学校里,哪还有谁留板寸头的呀。

　　但小韦德不管这些,要是别人再说让他留长发,他就说,韦德也是板寸头啊,多精神,多有力道! 然后就不理你了,你若再啰唆,他还会发火呢。

　　大家也就由着他了,小韦德便一年四季顶着个有精神的板寸头出出入入。

　　新学期班里来了个女同学,名叫凯特,是从其他学校转来的。班主任安排她和小韦德同桌。不知怎的,凯特一天到晚戴着个小红帽,结子牢牢地绑在下巴,在教室里很是显眼。一下课,同学们叽叽喳喳的,围着凯特。

　　凯特,你的帽子真好看,哪买的?

是啊，真是好看，跟童话里的小红帽一模一样呢。女生们羡慕不已。

凯特，给我戴戴行不？就一会儿。

每每有同学提出这个要求时，凯特都很紧张，还用手死死地压住帽子，连声拒绝道，不行不行！凯特紧张得声音都变调了。

久了，就有男生说风凉话了，有什么好看的。又没到冬天，一天到晚戴什么帽子呀。

起初，小韦德也觉得奇怪。但想想全校也就自己一个留板寸头，也就不觉得凯特的装扮有啥大惊小怪了。

一次体育课，小韦德不舒服，就独自提早回了教室。当时，教室里只有凯特一人。凯特帽子的结子松开着，许是绑得太久，压抑。见小韦德突然闯进来，凯特大吃一惊，下意识地去绑绳子，没想忙中出错，帽子掉了下来，整个头部一览无余。

原来凯特是个癞头，小韦德惊呆了！怪不得每天戴帽子！怪不得不上体育课！

匆匆戴上帽子后，凯特伏在课桌上嘤嘤地哭了，直哭得双肩一耸一耸的。

第二天，凯特没来上学。

第三天，凯特没来上学。

放学时，小韦德去了班主任的办公室。不久，就见他跟着班主任往凯特家去了。

第四天，凯特终于来上学了，仍旧戴着那顶漂亮的小红帽，脸上还显出了久违的笑容。

只是，从这天起，小韦德就不让妈妈带他去理发，他说他要留长发了。妈妈觉得奇怪，以前，为了保持板寸头，他常去理发店。看看电视里的那个球星韦德，仍是板寸头呀，问学校，对学生的头发没有新规定啊。这小家伙，到底怎么了？妈妈百思不得其解，却只好由着他。

同学们也觉得怪了,一向喜欢短发的小韦德怎么突然不理发,任头发疯长了？问他,笑而不答。凯特问他,他也笑而不答,只说以后你自然会知道的。你看,他还把这事弄得挺神秘的。

几个月过去了,小韦德的头发变得长长的,微风吹来,飘逸得很,煞是好看。

又是体育课,小韦德借故溜回教室。

凯特,你知道我为什么留长发吗？

嗯。凯特说,又摇摇头,不知道。你为什么留长发啊？凯特问道。

好吧,我现在就告诉你。小韦德还往四周看了看,然后说,为了你呀。

为了我？凯特忽闪着一双大眼睛,迷惑了。

过几天,我就要去剪头发了。小韦德说。

又要恢复到以前的板寸头？凯特越加不解。

我把长发剪了,给你,你以后就不用戴帽子了。大热天的,戴个帽子多难受啊,女孩子长发飘飘才好看呐。小韦德看着凯特,很认真地说道。

凯特愣住了,一下子,凯特又伏在课桌上嘤嘤地哭了。

小韦德慌神了,想去扶凯特,又觉不妥,一时手足无措。对不起,我说错话了,请你原谅啊,凯特。

凯特抬起了头,不,你没错,谢谢你,谢谢你对我的关心,也谢谢你一直替我保密,韦德。

那你还哭？小韦德脑子里满是问号。

傻瓜,我是高兴得哭呢。凯尔说着,破涕为笑。

可是,我不需要你的长发。凯特说。

小韦德很意外,为啥啊？

凯特笑而不答。小韦德再问,凯特说,以后你自然会知道的。你看,她也把这事弄得挺神秘。

不久,凯特果真摘掉了帽子,长发飘飘,越发美丽动人了。

小韦德呢，依旧留着他最喜欢的板寸头出出入入。

当然，凯特的长发是她自己的，因为她的病已经好了。

凯特在这个学校一直读到小学毕业。

哑　巴

课间十分钟是孩子们难得的休息时间。这十分钟里，孩子们可以走下位置，找自己最要好的同学，到操场上，或在走廊里，尽情地玩耍。

这短暂的欢乐却不属于王山。除了上厕所、吃饭、体育课，王山整天都坐在自己的位置上，就那么一声不吭地坐着，眼光落在桌上，久久不动。也不见有同学上前和他打招呼，约他出去玩。

王山一副和这个集体格格不入的样子。

他是个哑巴。偶尔有人提起王山，班里的同学就这么说道。

小镇外来人口不多，也就没有专门的民工子弟学校。民工们就只好把自己的孩子送到小镇这所唯一的学校来。当然，有不少孩子是不上学的，他们就整天待在廉价简陋的出租房里，有的干脆就躲在工地临时搭建的简易房里。

这么说来，王山是幸福的。可是，王山自己觉得不幸福，一点儿也不。虽然身在学校，可王山没有朋友，没有玩伴，他融不进班集体中。融不进班集体的王山就很孤独，很不开心。王山的成绩也不怎样。

有次,有个不能上学的民工孩子一脸羡慕地对刚放学回家的王山说:小山,你好幸福啊,可以上学堂读书。

王山却阴着脸,不说一句话,就像一阵寒风一样刮过去了。

好几次,王山都想开口跟父母说,自己不想上学了。可他又不敢,他姐姐就因为这个原因被父母好几次打骂。父母说,让你们读书,就是为了让你们长大后不再像我们这样四处流浪,只能靠体力挣几个小钱。王山不懂这话,但王山不敢不去学校。

元旦文艺会演。学校要求各班都要有节目。最后,班主任陈老师一锤定音:表演寓言《守株待兔》。陈老师要王山也参加表演。王山害怕极了,死活不答应。陈老师不厌其烦,一次次地开导,说整个节目,王山不用说一句话,也不用做什么动作,只要一动不动站在那里就行了。王山明白了,陈老师是要他当那个木桩子。

王山想,自己什么都不会,但做个站立姿势还是会的,就答应了。陈老师高兴极了。

表演结束,《守株待兔》得了一等奖。陈老师很高兴,同学们也夸王山,说在所有演员中,属王山演得最好,他那个木桩子扮得好,十几分钟下来,王山硬是一动不动,像真的木桩子一样。王山摸了摸头,开心地笑了。这是王山入学来的第一次笑。

可是,有同学的一句话让王山刚刚萌芽的笑容一下子熄灭了。

同学说,王山站在那里一动也不让动,一句话也不能说,真像个哑巴。傻瓜才演木桩子呢!

没想会是这样,陈老师也呆住了,一时不知该怎么办才好。如今的孩子啊,什么言行都会冷不丁冒出来,让你防不胜防。

王山一整天都坐在自己的位置上,就那么一声不吭地坐着,眼光藏在桌底下,久久不动。也不见有同学上前和他打招呼,约他出去玩。

他不仅是个哑巴,还是个傻瓜。偶尔有人提起王山,班里的同学就这么说他。

那晚,陈老师特意去了趟王山的家。王山的家隐没在临时搭建在建筑工地旁的那一排简易房里。

出来时,陈老师心情很沉重。王山的父母连声说:陈老师,你没错啊。王山的父亲送了陈老师很远的一段路程。

没几天,班上来了个新同学,陈老师安排他和王山同桌。

新同学不会说话,是个哑巴,却整天缠着王山,要王山陪他玩,说话给他听。渐渐地,王山也爱下位置出去玩了,话也多了起来。渐渐地,其他同学也爱找王山当玩伴了。现在,王山都当上了小组长。这可是王山有生以来当的最大的"官"呢。

王山笑了,同学们笑了,陈老师也笑了。

可是很少有人知道,那个新同学是陈老师的亲儿子,之前他在城里的学校读书。

更没有人知道,一回家,陈老师的儿子就不停地说话,他说他要把在学校里不能说话的时间给补回来。

童　年

我发现,班上的小莲和小军放学后就走在了一起,小军还帮小莲提书包。样子还挺亲密。以前,小莲、小军都是各自夹在男女同学堆里,一堆堆地走的。

我的心里就开始起变化，不好受了呗。是因为小莲吗？是的，就是因为她。

小莲坐我前桌，喜欢扎小辫子，还扎蝴蝶结呢，头一动，那就像两只蝴蝶，翩翩起舞，煞是好看。上课时，我经常看那两只蝴蝶出神。我真想伸出手去，放飞它们。

小莲功课没我好，我就经常问她：有不懂的，尽管问我啊。小莲总是摇头，说：没有，你问我才差不多。接着，就再也不理我了。

可没想，小莲竟然和小军走在一起了。小军，哼，他算啥呀。长得瘦不拉几的，个子没我高，跑步也没我快。我还是班委呢，他呢，连小组长都不是。可小莲，偏偏就和他走一块。小莲啊，你真让我捉摸不透。晚上，我一宿没睡好。

第二天的第一堂课，我压根没听老师讲课，偷偷地画了一只小猪猪。虽然画得不是很像，但花了我整整一堂课呢，还把姐姐的两支蜡笔全给搭上了。这两支蜡笔是昨晚我趁姐姐睡觉时，偷来的。

一下课，我就把小猪猪递了过去。我努力地笑着。你画的啥呀？小莲回头看了下，猛然哈哈哈地笑了起来。我高兴坏了，说：送给你的小猪猪，我画得不错吧。小莲小嘴一噘：哦，原来画的是你自己呀。说完，大笑不止。同学都围拢来看，接着是一阵哄笑，尤数那个小军笑得最响、最长。

我恨死他们了。但我不恨小莲。我想，可能是我确实画得不够好。

下午放学，我有意跟着他们。发现，小军从自个书包里拿出一小袋饼干递给小莲，小莲吃得一颤一颤的，银铃般的笑声折磨着我的耳朵。

姐姐果然问起了她的两支蜡笔，我假装不知。吃饭时，姐姐一直拿眼瞪我。我只管低头扒饭。

我想着法子向爸爸要钱，我说我的铅笔用完了，得买。爸爸迟疑地看了我一眼，咋这么快？但只是迟疑了下，就递给我五块钱。我高兴坏了。

第二天一上学,我就跟小莲说:我要你今天放学跟我走一块。我说得很豪迈,也很无理。小莲说:凭啥? 我重重地一拍书包:到时你就知道了。我清楚地觉着,一整天,小莲上课都魂不守舍的。我嘿嘿直笑,心里乐开了花。我不时地把手伸进书包。怎么还没放学呀。这折磨了我一整天。

这次是三人一块出的校门,小莲、小军和我。

刚出校门,我就很自豪地拿出书包里的那一袋饼干,比昨天小军给小莲的那袋大多了。小军也拿出了他的东西,还是一个小袋子。小莲两边都看了下,就迫不及待地撕开了小军的袋子,取出。我看清了,是锅巴。小莲拿过一块,放在嘴里吃着,笑意即刻漾满了她的脸。小军得意地瞥我一眼,对着小莲,伸出手,说:走吧。小莲看也没看我一眼,就挽着小军的手,头也不回地走了。

我呆了。

但我不气馁,有啥了不起,不就是一袋锅巴嘛,我家里有的是!

第二天,我狠狠地用锅铲把家里早餐的锅巴全都装在了一个大塑料袋里。妈妈问是咋回事? 我愣是不说,只管狠狠地走在上学的路上,路基被我踩得嘎吱嘎吱地疼。

没想,我又输了。我这一大袋锅巴又被小军另一小袋花生给打败了。许是让我输个明白,小军说:你这是没加工过,没包装过的。小莲不喜欢的。那时,小军正紧紧挽着小莲的手。小莲也回头说话了,小莲说:你怎么老拿我吃过的东西给我呀。那时,小莲正紧紧挽着小军的手。

看着他们远去的背影,我恶狠狠地把那袋锅巴扔进了垃圾堆。

半个月后,我省下零花钱,买了两袋加工过的食物。是两袋。

结果,这次,我轻而易举地打败了小军。

我挽着小莲的手,趾高气扬地从小军面前走过。

我挽着小莲的手,豪气冲天地走在夕阳下。

但这只是我的想象。

实际情况是,在我买了这两袋食物的当天,小莲就转学走了。留给我的,仅是我前面她的那个空座位。

开 放 课

退休后,老方非常关注教育。

别的老人经常去公园、去老年活动室。老方不,老方经常往学校跑,特别是母校。现在的母校,名噪全省,教学质量没的说,素质教育更是顶呱呱。老方想担任学校的心理辅导员,不要任何报酬。校长说,方老师,你的心情我完全理解,可你年事已高,就好好地享受天伦之乐吧。不瞒你说,学校的心理辅导室那纯属摆设,那是为申报省一级重点而弄的,上下皆知。你是著名的心理学家,人民是不会忘记你的,放心!

老方背着手,气呼呼地走了。哼,什么逻辑,我到校工作是怕人民忘记我,扯淡!老方有时还挺倔呢。

不让我当老师我偏要当。挺倔的老方就打电话,打儿子女儿们的电话,叫他们本周六上午务必来,切记一点,把孩子也带上。没想遭到齐声反对,说他们的孩子双休日得学书法啊、得学跳舞啊、得学跆拳道啊、得学奥数啊、得补英语啊,总之没空。老方火了,反对无效,没空也得来!

好在都来了,孩子们也带来了。老方嘴上说,不都说没空吗?心里却偷着乐。

老方就吩咐道,把桌子椅子都搬搬,围成一个圈,快点儿。

众人不知老方想干啥,只好照办。很快,偌大的客厅就成了圆桌会议厅了,老方站中间,当那个圆心,小孩坐桌边,构成了弧度。大人则坐在边上,旁听。

见一切准备就绪,老方说,今儿我不做爸爸不当爷爷也不是外公……

大人们不知老方葫芦里卖啥药,孩子们感觉特新鲜,都端正了坐姿。

今儿我是孩子们的老师。给大家上堂课,开放课,对家长开放。听说老美那边都这样的。老方兴致很高,说话声很大。

今天是第一节课,先让你们说,你们可以畅所欲言,对我今后的课该怎么上提意见?老方对着孩子们说道。

孩子们似乎没听懂,面面相觑。

难道太深奥了?老方又说,就是你们喜欢老师给你们怎样上课,就说这个,想说啥就说啥,想怎么说就怎么说。

孩子们仍旧你看我,我看你。

你们怕啥?说错也不要紧啊。挺纳闷的老方鼓励道。

仍没有孩子说话,老方只好点名。

点点,你先说。你在家谁都不怕,胆子特大,在学校还是班长。

点点战战兢兢地站起,我不敢提意见,学生不能给老师提意见。

谁说的?师生平等啊。

大家都这么说。孩子们异口同声。

你想教什么讲来就是。我们会听的,会做笔记的,会考好试的,不会给你拖后腿的。

连孩子都讲这种话。老方大惊。

好,那就不提意见,现在讨论学习问题。老方只好转移话题。

怎么讨论啊?我们不会讨论啊。孩子们个个不知所措,面露难色。

这就奇了怪了,新课程不是要求把课堂还给学生,提倡小组讨论学习吗?

平时不讨论,开放课才讨论。

今天这堂课就是开放课啊。老方提醒道。

开放课是要小组讨论,可课前老师早布置好了。老师教我们怎么说,我们课上就怎么说。孩子们说着,洋洋得意。

老方觉得一阵晕眩。老方转移对象,指向大人,那你们对学校、对教师有什么要求?

对班主任、对任课老师,总之对个人我们可不敢提意见。大人众口一词。

老方不解,同师生之间一样,家校之间也要彼此了解,加强沟通啊。

会对孩子不利啊。亏你还是搞心理学的。

老方直摇头,提吧,对事不对人。

大儿媳说,要求学校千方百计想尽办法绞尽脑汁排除万难把我儿子的学习成绩搞上去。

二儿子说,学校要少上体育课,提高教学质量才是硬道理。上次测验,我儿子数学才考了 98 分,我很不满意。

我也很不满意。现在社会竞争这么激烈,不考满分怎么行。二儿媳说。

大女婿说,学校每年花那么多时间精力用在什么校园文化节上,浪费,这方面,双休日我们自己会带孩子去补,这不是重复劳动嘛。学校嘛,把学生的学习成绩搞上去就行了。

对,能抓学习成绩的猫才是好猫。大女儿说。

众人都笑,二女婿二女儿也表示赞同。

老方的眉头却越皱越紧。

下课! 老方宣布道。

众人一哄而散。

吃了饭再走嘛。老伴说。

不了不了，哪有时间！众人挤着往门口奔去。

真是浪费我们时间，晚上得带孩子补回去。大人抱怨着。

老伴边收拾桌椅边抱怨道，你也真是的，你以为当老师那么容易啊。

翌日，老方的身影又出现在母校。出门时，老方一脸忧郁。

老方又往教育局而去。

情感涟漪

1982 年的菜盆

我读小学那阵子，成绩特好，年年当三好学生，年年拿到一些诸如铅笔、本子之类的奖品。我高兴，母亲呢，比我还高兴，自己的儿子有出息，做娘的哪有不高兴的。

1982 年，碰到了让我们娘儿俩更高兴的事。

那年，我得了乡三好，这在我们那闭塞的乡村学校还是第一次。班主任傅老师喜不自禁，把手轻放在我的头上，我去乡里帮你去领奖品，明天你就可以拿到了。怎么不让我自己去呢。我心里很有些不快，但还是蹦蹦跳跳地回家把这好消息告诉了母亲。母亲狠狠地亲了我一下，连声说好。那一刻，母亲竟流泪了。

会是什么奖品呢？是小人儿书就好了。想着这个问题，我怎么也睡不着。母亲说，肯定会比以往学校发的要好。我把母亲的这话带入梦里，美美地睡了一觉。第二天，我起了个大早，急急地扒拉完早饭，兴致勃勃地就往学校赶。母亲在我身后一个劲地喊，别急，慢点儿走，时间还早呢！

没想到，奖品竟是两个菜盆，铁制的，白色，各漆了"奖给乡三好学生陈小凡同学"几个红字。见我不大高兴，傅老师说，够好了，比以往学校的奖品好多了。

我仍高兴不起来，怎么不是小人儿书呢。

那时候，小人儿书很流行，四方形状，手掌大小，上头是画，下边是字，啥内容的都有，一般五分钱一本。我很喜欢。可惜，家里不殷实，没有多余的钱给我买。难得母亲带我到乡里赶集，每回我都是在小人儿书摊前度过的，但多是只能看看小人儿书那花花绿绿的封面。当然，偶尔也有机会租来看，只能在那里看，不准带走，一本一分钱。那是母亲偶尔的慷慨。这是我童年时最大的乐趣了。

可乡里给的奖品怎么不是我最爱的小人儿书呢？

放学，刚进家门，见我手里的奖品，母亲就乐了。母亲说，这可是稀罕物，家里正缺盛饭菜的好东西呢，这下好了。我噘着嘴，自顾自往里屋走，边走边说，明天再拿去用好了！正上前来接菜盆的母亲愣了下，又笑了，也好，妈知道，你是想先自己把玩把玩，到底是个稀罕物。我流着泪，进了里屋。这孩子，母亲又笑着，摇了摇头。

晚上睡觉时，我把两个菜盆枕在脚底下，整整一个晚上。我知道，从明天起，它们就不再属于我了。

第二天晚饭，母亲要我拿菜盆来。支吾了好半天，我才去里屋拿了来。母亲一看，傻了眼，我手里拿的哪是菜盆，而是两本半新不旧的小人儿书。咋回事？母亲厉声问道。

见瞒不过了，我只好将情况一五一十地给母亲说了。

同村的胖墩家里殷实，他父亲给他买了不少小人儿书。胖墩知道我很喜欢，却硬是不给，我去借，他总是说，不能白看，得送东西给他，看完了，书还给他。我就拿三好生奖得来的铅笔、本子给他。起初还好，可后来，他不答应了，说老是这些东西，不给我小人儿书看了。我就再没机会看他的小人儿书。近来，听伙伴们说，胖墩新添了不少小人儿书，其中很多是八路军打日本兵，公安局破案方面的，这可是我最爱看的。胖墩晓得我得了两个菜盆，昨天，放学路上，主动拦下我，跟我说了换书的事。

我咬了咬牙,答应了。我就让那两个菜盆枕了我的脚一晚上。

母亲只说了句,怎么才换两本啊,就默然无语了。母亲掀起衣角擦了擦眼睛,就拿木碗给我盛饭去了。

我的鼻子猛地一酸。

我这就去换回来!说着,我拿起小人儿书,冲出家门,飞快地往胖墩家跑去。

远远地,就听到胖墩的父母在一个劲地夸胖墩聪明,拿两本破书就换了两件稀罕物。

我说明了来意,态度很坚决,可胖墩死活不答应。胖墩说,你咋能说话不算数呢,你咋能说话不算数呢。胖墩的母亲用鼻子哼了句,还乡三好生呢,怎么能说话不算话!胖墩的父亲也说,小凡啊,你可是老师眼里的好学生,大人眼里的好孩子。再说,你看这书都被你弄皱了。

没想会是这样,我眼前一片模糊,说不出话,只是用脚使劲踩踏着胖墩家光滑的地板。可我不想走,我要换回我自己的两个菜盆。此刻,它们肚里装满了菜,正安静地躺在胖墩家那张大圆桌上。可是,它们原本是我的啊!

没想母亲来了。母亲一个劲地向胖墩父母赔不是,说我不懂事。母亲硬是把我拉回了家。

母亲跟我说,小凡啊,想定了的事,又做了,就不要反悔。我说啊,还是书好,再说了,你不是一直都很喜欢小人儿书嘛,这下好了,有你自己的书了。

我说不出话,抱着母亲大哭起来。

哭着哭着,我又不哭了,我说,还好我把它们枕在脚底下过,整一个晚上呢。

可是母亲的一句话又让我大哭起来。

母亲说,早晓得就用那两个菜盆先盛盛自家的饭菜了。

父 与 女

寒冬。深夜。黑夜像一只巨大的黑锅把整个小村庄笼罩了。

村东头的一户人家却还亮着灯。一个十二三岁光景的小女孩正在昏黄的灯光下写作业。小女孩头都没抬一下,只是不时地甩甩胳膊,因为手写得又酸又麻了。

"咳咳咳……"隔壁——也是一间土坯房——忽然传来几下男人的咳嗽声,明理人一听就晓得那是因长期抽劣质烟引起的。

小女孩便停笔,揉揉酸疼的眼,起身,走了进去。

爸爸,咋又还没睡呢? 都这么迟了。你明早还得赶集卖橘子呢。

男人立马摁灭了手上的烟,竟有些慌张。男人说,对不起,英子,又吵你写作业了。爸实在忍不住,就吸了几口。作业快做好了吗? 等你作业一做好爸就睡。爸没事的,没事的。

爸爸……英子的声音哽咽了,英子扑在了男人的怀里。男人紧搂着英子。

才一会儿,英子便起身了,英子的功课还没做完呢。

男人的老婆已病逝多年,男人觉得自己欠英子太多太多,这些年来,男人既当爹又当妈,家务活从不让英子干。实际上,英子也没有多余的时间来帮男人干活,英子总有写不完的作业! 每晚,男人做完家务活后,英子却还在拼命地写作业，男人就拿个凳子坐在英子边上，看英子写作业。期间，两人会不时地对视一下，然后是会心地一笑。男人爱抚地摸摸英子的头，英子就低头继续写作业。实在坚持不住了，男人才先上床，但只是躺着，男人要等英子做完功课后，看着英子进入梦乡，男人才睡。这样，男人的心才会踏实、舒坦。

抽烟是男人的癖好，男人的烟瘾很大，一天要抽两三包（当然是那种极便宜的劣质烟），睡前也要抽，不抽睡不着。可是男人一抽烟就要咳嗽，"咳咳咳"，声音很响很连贯，老远就听得到。

男人知道自己那讨厌的咳嗽声会影响英子写作业。男人便开始戒烟。可是土洋方法用尽，男人的烟瘾就是戒不掉。男人想，怪了，人家吸毒都能戒掉，我这烟咋就戒不掉呢？看着男人没烟抽时的那抓耳挠腮、流眼泪挂鼻涕的难受劲，英子心疼死了，英子说，爸爸，既然戒不掉，就不要戒了。这时，英子还眨巴着那双好看的双眼皮大眼睛，对男人说，爸爸，我知道你为什么戒不掉烟？男人也来了兴致，微笑着，那双浑浊的眼睛这时也有了光亮，为什么呢？英子说，爸爸的烟就是爸爸的英子啊，英子离不开爸爸，爸爸也离不开英子啊。男人愣了一下，一把将英子搂了过来，男人的眼眶便湿润了。

男人在心里说，为了英子，我一定要把烟戒掉！

每晚，夜深，英子写作业时，男人便拼命忍着不抽烟。实在忍不住了，才抽几口。感觉要咳嗽了，男人就早早地用手捂住嘴，尽量让咳嗽声小些，有时干脆把整个人埋在被子里，这样，咳嗽声就更小了。虽然被子里空气污浊，还缺氧，但男人认为很值得。

那晚，风大，天冷，夜极黑。

英子做完作业，遍寻房间，却找不到男人。英子急了，跑到屋外，"爸爸，爸爸……"英子大声使劲地叫喊着。

这时，远处传来"咳咳咳"的咳嗽声，多么熟悉的声音。英子看过去，只见前方黑夜里有烟火在忽明忽暗地一闪一闪。

是爸爸。爸爸！英子边喊边跑过去。

那边的烟火也在向英子飞快地移过来。

爸爸，你怎么跑到外面来了，外面这么黑，这么冷！英子哽咽着说。

没事没事！爸爸没用，烟瘾又上来了，就出来走走。哎，爸爸那讨厌的咳嗽声⋯⋯爸爸，一定把烟戒掉！

不，我喜欢爸爸的咳嗽声，我不要爸爸戒烟！

男人把英子紧紧地搂在怀里。

父亲的来电

那年，我以高分考上了在省城的杭州大学。和母亲一样，父亲也高兴得不行，他的儿子总算有出息了。我是村子里有史以来的第一个大学生。

父亲亲自去镇里给我买学习、生活用品。买了这个，父亲又想买那个，我好说歹说，父亲才停止了也许是他有生以来的最大的一次购物行动。平时，家里的生活用品都是母亲到集市上买的，父亲很少出门，除非是必须他自己买的化肥农药。那些日子里，父亲连皱纹里都漾满了笑，还经常有事没事地在村里四处走动，话也比平时多了，常常把唾沫星子溅得满村都是。

从没出过远门的父亲决意要送我到大学去。父亲说，他要顺便在省城杭州好好玩一回，西湖啊，灵隐寺啊，岳坟啊，那是非去不可的地方。后来听母亲说，从杭州回来后，父亲逢人便说，火车是怎样的长怎样的快，大学是如何的大如何的美。直说得村人一愣一愣的，羡慕不已。村子小且穷，还真没有人去过省城呢。

母亲说得很开心，我听了，心却很沉重。我知道，父亲根本就没在杭州待多长时间。到学校，帮我料理好后，父亲就直接坐车回家了，我劝也劝不住。父亲是舍不得多花钱啊。可他是第三天才回的家啊！母亲说。哦，我明白了。为了给村人一种他真在杭州好好玩过了的假象，父亲故意迟点回家。我的父亲啊。

直到大学毕业回家乡工作，我竟没带父亲去过一趟杭州城。

大学四年里，父亲每个月准时从镇上的邮局给我寄钱，我没有一次因为钱的事情发愁过。我们事先有个约定，每次收到钱后，我都要写信告知父母我已收到钱了，好让他们不再记挂，放下心来。20 世纪 90 年代初期，手机还是稀罕物，就是腰间挂个 BP 机也俨然一副大款的模样了。我家没有电话。邻居倒是有，可长途电话，贵呀，父母哪舍得打！

最初，每收到父亲寄来的钱，我都按时回信告知。可后来，我开始不当一回事了，钱从家乡的邮局寄来的，哪次不都是准时无误地到了我手上？我便懒得回信了，以为这纯属多此一举，既浪费时间又浪费笔纸。于是，当再一次收到父亲寄来的三百块钱后，我就没有回信。我心想，再过几天就是元旦了，正准备回家一趟呢，到时再说也不迟啊。

元旦那天，刚进家门，母亲便焦急地问起了我：你咋这时候回来了？是不是真出啥事了？那三百块钱收到没？

看母亲急成那样子，我笑了：钱早收到了，一分不少。怎么会收不到呢，我这不好好的嘛，啥事没有。看你急的，真是的。

母亲听了，如释重负：这就好这就好，我和你爸还以为你没收到呢，还以为你出啥事了呢，都快急死我们了。说着，母亲流泪了。

我问:妈,你怎么哭了?

母亲一边擦泪一边说:没有,我这是高兴呢。

那可是你爸替别人上山开黄泥刚赚的血汗钱啊。母亲顾自喃喃着。

爸爸呢? 他又在田里干活了? 我问道。

母亲却突然着急起来:差点儿忘了告诉你,他今早去杭州找你去了。

怎么回事? 我吃一惊。母亲就跟我说开了。

原来因为没能及时收到我的信,又等了几天,还是没我的信。父母急得不行,天天寝食难安。父亲跑了好几趟邮局,工作人员叫父亲大可放心,可父亲就是不放心。父亲又几经周折,终于查到了我就读那所大学的电话号码。母亲说,打这个电话时,她也在场。通了,激动又紧张的父亲说了我的名字和我就读的系。那边说,不知道我这个人。又问我所住寝室的电话。父亲傻眼了,父亲虽然进过我住的寝室,可他哪知道我住的具体是哪幢楼的哪个寝室啊。父亲还想再说什么,那边却挂了。父亲黯然,无奈地挂了电话。

我知道,父亲打的是学校总机的电话。打这个电话根本找不到我。大学里有几万学生,他们哪能都知道啊。

母亲说:这是你爸打的第一个长途电话。没想白打了,什么也没问到。

母亲说:打完电话后,你爸好长时间不说话。最后,就说了句,我明天就去杭州找儿子去。

第二天,父亲回来了,拖着一身的疲倦。我觉着父亲苍老了许多。我低着头,说:爸,都是我不好,我错了。

父亲说:没事没事。我找到你寝室的同学了,他们说钱你早收到了,人也好好的,啥事没有,这就好这就好。

父亲竟没有一点儿责备我的意思!

我有些累,想困。父亲说着,就上床睡觉了。记忆中,父亲还从没这

么早睡觉过。

我泪流不止……

父亲的这个来电我没有接听到，可我觉得它一直响在我耳际。这么多年以来，一直是这样。

父亲的自行车

父亲的自行车终究旧得不能再用了，如今还放在老家老屋的旮旯里。

这是父亲的第一辆自行车，20 世纪 80 年代流行的海狮牌，男式二十八寸，载重的，高大威武，是父亲托了在乡供销社的一个朋友的关系才买到的。

去十几里外的乡里，父亲会骑车去，买回化肥农药，偶尔也会给我和姐姐带些好吃的回来。"铃铃铃……"一听到那清脆的铃声响起，我就像弹簧一样弹出家门，扑上前去，快速解开绑在自行车车把或者压在车后座的袋子，那里有我爱吃的棒棒糖、小人儿书啊。

父亲对车格外爱惜。

外出距离不远，他宁可走路。若要运重物，父亲就仍用独轮车，说太重了，自行车吃不消，易坏，人骑着也累。只有要载几斤或是几十斤的东西，路又远，父亲才会骑自行车。刮风下雨的日子，也舍不得骑。有次，村人看到父亲竟扛着车走路，就因为前边有个大水坑。这事很长时间在村里作为一大笑谈流传着。每次用过后，父亲总拿干净的抹布，反复擦洗，直到车子通身锃亮，一尘不染。这时，父亲还会绕着立在地上的车子转几圈，不时地再用抹布揉擦，用手摩挲。那看车的眼神满是怜惜，不亚于现在富人欣赏自己刚买的宝马或奔驰。

后来，我去离家十多里的塘雅初中念书。那时，农村的交通极不便，根本没有现在的私营中巴，公交车只行驶在城市的马路上。父亲就是再忙，也要骑车带我去学校。我说，我自己能走。父亲说，骑车快，车买来不骑干吗？

这是我第一次听到父亲说这样的话。当时的我，年少不经事，以为是车子旧了，父亲也就不再爱惜了。

有件事已过去二十多年了，但我至今难忘。

那次，到学校时，我才发现，由于来时匆忙，竟忘带木箱的钥匙了。现在想想，那时干吗不撬开箱子啊，大不了再买把锁。可父亲哪舍得浪费钱呢？父亲二话没说，立马骑车往家赶。天正下着雪，路滑。父亲把车骑得飞快，还没出校门，父亲就滑倒了两次。我的眼泪就下来了。父亲啊，你不要回家拿钥匙了啦。几个小时过去，天已经黑了，父亲疲惫的身影出现在了教室门口，手里拿着那串钥匙！父亲把钥匙交给我，转身就走，那瘦弱的身子很快就被大雪淹没了。我的眼泪又下来了。天这么黑，回家的路滑，还饿着肚子，父亲，你可得当心骑车啊！

礼拜五回家后，母亲跟我说了那天的事。母亲说她好担心哪。天那么黑了，按正常，父亲也该回来了，可咋还没回来呢。母亲的心越揪越紧，父亲会不会掉水库里了（高高的黄塘水库的一段堤坝，是父亲的必经之路）？顶着风雪，母亲一次次地到村口张望，却是一次次的失望。饭也吃不下，哪还吃得下饭呢。好在父亲终于回来了，裹挟着一身的雪花，还有一身的疲惫。下车时，父亲连人带车摔倒在家门口。

你慢点儿啊。母亲说。母亲又说,你咋才回来啊?!话没说完,眼泪已夺眶而出。

原来,从黄塘水库下坡段冲下时,由于风大雪大,视线不好,父亲不小心碰翻了正走路的一个贩子的豆腐担。那人定要父亲赔钱,父亲摸遍口袋,却不够数。那人死活不依,扣了父亲的车,要父亲自己想办法弄钱去。父亲只好照办。步行几里,到桥下村他一个朋友那儿借了钱,又步行回去,赔了钱,拿回了车,才又冒着风雪骑回家。

那么坏的天,他还骑那么快,我知道他是怕我们担心哪。母亲哽咽地说着。我听着,眼泪又下来了。

后来,父亲去外地承包碾米厂,碾米,弄粉丝,也做年糕。父亲天天骑车早出晚归。车子和父亲都成了陀螺,每天转个不停。那几年,家里渐渐宽裕了,父亲瘦了,车子也旧了。父亲总说,这车可是大功臣哪。

父亲越来越老了,父亲的自行车也越发地旧了。轮胎磨损得不见纹路,挡泥板掉了,坐垫破了,车铃也没了,整个车身锈迹斑斑。

父亲的自行车终于被弃用,放在了老屋的旮旯里。车旧,却一尘不染。既已无用,又占地方,不如当废铁卖了,多少也能换几个钱。我们多次劝父亲,可父亲总不让。

父亲说,要是自行车也像摩托车一样有计程器,那我的海狮行程也该有几万公里了。和我一样,它也老喽。

是啊,掐指算来,这车已伴随了父亲二十多年。

父亲定定地看着他的海狮,像是看自己多年的一个老朋友,久久不语。

母亲的教育法则

　　父母有四个子女，我是他们唯一的儿子。重男轻女的父亲很宠我，有啥吃的总先给我，甚至就给我一人。母亲却不是，她要四个孩子人人有份。孩提的我总希望自己能比姐姐们得到的多又好，可是只要母亲在，她就不会让我得逞；我相信终有一天我能做到这点，只要我坚持。没想母亲比我还有毅力，不依不饶，从不向我妥协。我满腹委屈，那天，发生了一件事情。

　　记得是母亲给我们做了红糖面包，用小苏打弄得软泡泡的，咬上一口，甜甜的，酥酥的，满口余香，有种说不出的好味道。这便是我最爱吃的麦食。可惜总共才八块，家里六口人，每人一块只剩两块。我早已算计好了，剩下的那两块全归我，这样我就能吃到三块了。我喜滋滋的，趁人不在，把那两块给藏了起来，想等自己饿时再好好独自享受一番。我感觉那天的天特别的蓝，连平时很烦人的麻雀声也变得悦耳动听了。

　　临近黄昏，父母从生产队回来，早已饥肠辘辘的二姐向父母告状，说那两块面包被我藏起来了。啊，天晓得什么时候被她发现的。母亲看了我一眼，没说话，意思却很清楚，我应该拿出来，让姐姐们共享。由于太爱那面包了，我煞有介事地撒谎着：我不知道那两块面包在哪里，我也没吃过。哦，对了，我看到是给隔壁那只花猫给叼走了，真的，我不骗人的。

说这话时，我竟然一点儿也不紧张，可能是我太爱那两块面包了。我多么希望母亲就此打住，不再追问下去啊。然而，我错了。才大我两岁的二姐一个劲地说我撒谎，还说她知道被我藏哪儿了。天啊，我感觉自己开始额头冒汗，嘴里却还很顽强，我说，妈，我真的没有藏，真的是被猫叼走了。我暗暗地向父亲投去求助的目光，父亲回报我的却是爱莫能助的眼神。哎，父亲可是个"气管炎"。

母亲这时已经走到我身边，和颜悦色地说，凡儿，你把面包藏哪儿了？快去拿出来吧，你看，大家都饿了，妈妈也想吃呢。你看你二姐，都饿成皮包骨头了。说着，把手搭在我脑袋上，充满期待地看着我。我当时却是爱面包甚于一切，我突然重重地打掉母亲的手，大声叫嚷着，我说没藏过就没藏过，烦死了，你们，你们太讨厌了！母亲吃了一惊，许是我的蛮横无理惹怒了她，失望之极的母亲狠狠地重重地打着我的头，我的脸，我瘦弱的身子……我从未如此被母亲重打过，委屈得要死，也痛得要命，心却没屈服，我想干脆豁出去了，所以我依然很"顽强"，边哭边喊：没藏就没藏，你打死我算了！

母亲越打越生气，越生气越打，且越打越重……这时姐姐们哭了，为我求饶，没用；此时对我又疼又恨的父亲也来劝架，没用；闻讯赶来的乡邻们来劝了，还是没用！我居然被母亲捆在了家里的木桩上，她叫我好好想想，错在哪里，以后改正，否则不准吃饭！我的"顽强"终于到了尽头，我大哭出了声：妈，我错了，我以后再也不敢了！

从那以后，我再也没敢一人独吞什么。我懂得了与人分享。

多年以后，我问母亲，难道你就这么狠心，因为那么一件小事就那么不近人情地把自己唯一的儿子往死里打，还任凭别人怎么劝都劝不住？！母亲只是笑了笑，什么也没说。在一边的父亲说话了，哪里啊，你妈那天差不多悄悄地哭了一晚上呢，她说自己竟然会打你打得那么狠。还记得吗，当晚我给你擦的药膏，就是母亲特意叮嘱我连夜给你买来的啊。但是你妈认为那可不是一件小事，所以她不能让别人劝住，也不能在你面前流泪。

这就是我的母亲，用她那朴素的"公平教育"法则教育着我们，爱着我们，也深深地影响着我们。

母亲节的康乃馨

上班都好长时间了，他发现不少员工还一副心不在焉的样子，不时交头接耳，窃窃私语着。见他一进去，就立刻停止讲话，假装埋头干活。可他还是听清了，他们是在说有关母亲节的话题。

母亲节？难道今天是母亲节？他上网一查，果然是。他一下子想起了远在老家的母亲。

母亲就他一个儿子。母亲自己没文化，就一门心思供儿子读书。他也算争气，成绩一直不错，如愿上了大学，毕业后在城里工作。后来自己开了家公司，生意越做越大。有钱了，却很少记得老家的母亲了，总说忙，都两年没回家了吧。那年春节回家，见母亲已苍老得不行，一头白发，满脸皱纹，背也有点驼了。他简直不敢相信，当年，母亲可是村里的第一号美人呢。哎，都是为自己操劳所累的。不说别的，供完大学，家里已欠了一屁股债。毕业后好几年，工作不如意，自己还经常向母亲要钱。后来，总算工作安定了，又成了家，母亲也露出了久违的笑脸。想说总不用母亲再为自己操心了。孩子出生了,母亲就到城里带孙子。孩子妈妈没奶水,母亲几乎没睡过一个安稳觉。孩子断奶后,母亲想继续带孙子。老婆却坚决要请保姆。他无奈,想留母亲在城里一块住,母亲却不愿意,说在老家生活了一辈子,离不了了。其实,他很清楚,这是母亲在让着儿媳妇,为儿子着想啊。

拗不过老婆,他就经常给母亲寄钱,算是报答母亲,也宽慰自己。

今天是母亲节。他都忘了还有个母亲节了。记得只是念大学时给母亲寄过几次贺卡,以后就渐渐淡忘了,更不用说给母亲过节了。他想今天该为母亲做点儿什么,他甚至都有点儿感激那些员工了。

他来到一家花店,买了一大束康乃馨,叫店里今天务必送到母亲手上。想着收到花儿时,母亲那如花般绽放的笑脸,他开心极了。

这时,他发现店里有一位小女孩也在买花,一束康乃馨。他很好奇,问小女孩买花啥用。

小女孩说,今天是母亲节,我想妈妈了,就给妈妈买花。妈妈也想我了。

他脸上一阵红,连这么小的孩子都记得母亲节。真是个懂事又可爱的小女孩,他忽而来了兴致,说,叔叔送你去看你妈妈好不好?

没想小女孩直摇头,说,不,我自己去,别人送去不好。谢谢叔叔。说完,小女孩捧起花,就走了。小女孩走得极认真,一脸虔诚,双手平举,两眼专注地盯着那康乃馨,仿佛教徒走在一条朝圣的路上。

他慢慢地开着车,远远地跟在小女孩后面。

约莫走了好几里路,到了郊区,又进了一片小山岗。

在一块墓碑前,小女孩停了下来,毕恭毕敬地把鲜花放在墓碑前,又鞠了三个躬,说道,妈妈,玉儿好想你。今天是你的节日,玉儿来看你了。妈妈,你放心,玉儿一个人也能过得很好……说话间,小女孩已泪流满面。

他惊呆了。

不知不觉，有泪珠从他的脸上滑落。

他走上前，紧紧地把小女孩搂在怀里。

此刻，他驾车往刚才那花店疾驶。他决定，亲自送康乃馨给老家的母亲，亲自把康乃馨交到母亲手上。他在心里说，这次无论如何也要接母亲到自己身边来。父亲不在了，母亲一个人在老家，孤苦伶仃地捱过了这么多年，太不容易了。

他还决定，今后每年的母亲节，公司放假一天，工资照发。

对了，还有父亲节，今后每年的父亲节也放假一天，工资照发。

是啊，在城市打拼的儿女们，什么时候也不要忘了远在农村的咱们的父亲母亲啊。

选　　择

她矜持内向、少言寡语。他也是这样。在两人都到了谈婚论嫁的年龄时，经媒人介绍相识，很久就登了记，结了婚。他和她结婚已经三年了，不知怎的，仍没有孩子。

他不是个善于制造浪漫的男人，她是个不懂得催发浪漫的女人。即使是在婚前，他俩之间也没发生过诸如相送玫瑰、烛光生日晚宴之类的浪漫故事，而这些在当代社会是再平常不过的事。可她偏偏是那种爱看琼瑶剧喜读言情小说,对生活有憧憬和幻想的女人,她渴望浪漫能真真切切地发生在自己身上。她开始遗憾自己还没恋爱就匆匆和他结了婚,她热切希望能够来一场"婚后恋",至少日子也应该有所改变啊。她希望在炒菜做饭时,他能够真诚地说上一句"老婆,你辛苦了",但他只顾看电视,一副旁若无人的样子;她希望吃饭时,能得到他的赞美之辞"今天的饭菜又烧得这么棒,我好幸福啊,只因有你",或是他夹给她一点儿她爱吃的菜,而他要么只顾自己埋头吃饭,要么就是快速地翻阅报纸,饭一吃完,碗筷一扔,便做自己的事去了,留下满桌的狼藉等她收拾;平时,两人也少有言语交流,他不是和一帮狐朋狗友一起打牌搓麻,就是上网看新闻赏电影玩游戏。出双入对地出去旅游的事只在她的梦里发生过。

她和他的生活每天都像在例行公事,如一潭死水,毫无生气和激情。要命的是,还不见有丝毫改变的迹象!她艳羡别人的浪漫生活,她不敢想象今后的漫长岁月自己就一直这样煎熬下去。她就很怀念那唯一让她宽慰的事,婚宴上他当着众亲友的面为她唱了那首经典情歌《选择》。那一刻,她幸福得一塌糊涂。

一日,是周末,下着毛毛雨,他竟兴致勃勃地提出去旅游,说这雨下得正好,还说等以后有了孩子,就不是想玩就能玩的了。她看了他好几眼,是那种陌生的喜悦中夹杂些许哀怨的眼神。是啊,这可是破天荒头一回。她答应了,他竟像个大孩子似的,兴奋得手舞足蹈,还抱着她转了好几个圈。

路上,不幸发生了车祸,由于雨天路滑,他们所搭乘的旅游大巴翻入了深沟,多人伤亡,他偏是其中伤势最严重的一个。而她呢,竟几乎毫发未损——是他的那双手(那双白白净净毫不粗壮的手),在车子将翻未翻时一把将她推出了车窗。为了让她能清楚地欣赏沿途的美丽风景,他让她一直坐在靠窗的位子,还固执地不顾他人的感受一直开着车窗。她哭喊着,他早已不省人事。

伤员们被送进了最近的小镇上的医院，院方却要求先垫付医疗费，否则不予救助，任凭伤员们及其赶来的家属痛哭流涕、苦苦哀求也不为所动。她举目无亲，欲哭无泪，只是机械地拼命翻找他的口袋，不，她是在翻找希望啊。竟在他内衣口袋里翻到一本存折，开户栏里赫然写着她的名字。是他瞒着她以她的名义存的一份存折！里头竟有存款1万多！

她疯了似的跑向镇上仅有的那家农村信用社。记得他说过，他喜欢存钱到信用社，信用社遍及城乡，方便，说不定能救急呢。

"请输入密码。"当听到这冰冷的机械声音时，她脑袋轰了一下：密码？我哪知道啊？！只能猜了。输入他的生日760406，错误；输入自己的生日790809，错误。一同输入两人的生日，她前他后，080946，错误；他前她后，040689，还是错误！最后，她几乎绝望地输入了048906，竟然正确了！

现在，他已度过危险期，不久便可出院了。在他已经恢复知觉的那些日子里，她问他那存折里的钱哪来的？为什么要用那个密码？他起初不肯说，但终究招架不住她的"穷追不舍"，才告诉她说，那些钱是他这几年赚的稿费。至于那密码，共用两人的生日，是要紧紧相牵，一辈子不分开。因为是丈夫，所以应该他前她后，把89放在0406中间，他要为她挡风遮雨一辈子啊！末了，他又说："还记得在婚宴上我对你说的话了吗？我说，婚前我选择了我所爱的，婚后我要爱我所选择的。""哪能忘呢，"她说，"我还记得那天你对我唱的那首《选择》。"

"……我一定会爱你到地老到天荒，我一定会陪你到海枯到石烂，就算一切从来这仍是我唯一决定，我选择了你，你选择了我，这是我们的选择！"两人一起轻轻哼唱着。

不知不觉中，她靠上了他的肩膀，两双手紧紧地握在了一起，久久没有分开……

会 变音的敲门声

"咚咚咚……"防盗门被擂得山响,整个单元楼都能清晰地听到。

又是深更半夜。女人皱起了眉头,肯定是他,每次回来都这样。

女人刚把门开了条缝隙,就有一个黑影跌了进来,夹带着一股刺鼻的酒气,直撞到女人身上。女人几乎窒息。

果然是他,自己的男人。

女人吃力地想扶男人上床,刚经过客厅,男人却挣脱了女人,大声喝道:快,快给我弄点儿吃的来!还早着呢。

被挣脱的女人一个踉跄,险些跌倒,站稳后,女人又上来搀扶男人。男人勃然大怒,一拳头过来,重重地打在女人的耳朵上。女人的耳朵里立时进了无数蜜蜂,嗡嗡嗡直响个不停。女人的眼泪哗的一下就出来了,像山间潺潺的小溪,流啊流的。女人却没跟男人吵闹。吵了又有什么用呢?都吵了多少次了,男人不还是这样?

女人蒙眬的眼睛瞟到了客厅正中那张大大的结婚照上。于是,以前的日子便不可遏制地浮了上来,像被扔进水里不可遏制要浮上来的皮球。

那时,男人风度翩翩,不赌不嫖,还有自己的一家厂子,女人也帮着打理。男人的生意做得很大,也很忙。尽管很忙,但是男人每个礼拜都会抽出时间陪女人，后来是陪女人和女儿逛公园，外出兜风，放松心情。那时的一家其乐融融，不知让多少男女羡妒地红了眼。

可是后来，男人变了，在外面有了别的女人，钱也被那女人几乎席卷一空，屋漏偏遭连夜雨，生意又被骗，男人只得卖了厂子。男人就迷上了喝酒，赌博，每天很晚才回家，有时干脆就不回。女人和男人吵也吵了，闹也闹了，男人却依然故我。女人的爸爸妈妈公公婆婆本来身体就不好，受不了如此变故，过早地都走了。家也就不是个家了，只剩下冷冰冰的一个钢筋水泥结构。

女人的眼泪就流得肆无忌惮，女人的脸上爬满了一条一条的小河。

男人仍在对女人咆哮：怎么还不动，给我去弄点吃的来，听见没有！看我不揍扁你！

六岁大的女儿听到吵闹声，睡眼惺忪地从卧室里出来。

女人哀怒地看了男人一眼，拉着女儿，一声不响地进了厨房。

男人似醉非醉，一屁股坐在了餐凳上，吃起了女人给做的酒菜来。可恶，今晚又输了，不信明天赢不回来！男人怒气未息，嘴里念念叨叨。

女人坐在男人对面，仍是一声不响，正和女儿翻看着一本家庭影集。

爷爷死了，奶奶死了，外公也死了，外婆也死了。女儿的小手指在一张全家福上游走。以前的爸爸好帅，我们家好幸福，小伙伴们都羡慕死我了，都喜欢和我一起玩！可是后来，一切都没了……女儿说不下去了，大滴大滴的眼泪扑簌簌地跌落到那张全家福上，淹没了相片上男人女人正看着她的笑脸。

女人本已受伤的心便灼灼地痛。

爸爸已经不要妈妈不要我了，爸爸已经不要这个家了。整天除了睡，不是吃就是赌……爸爸已经死了。女儿呆滞的目光盯着全家福上的男人，嘴里喃喃着。

什么？你说什么？最后这一句，男人听得非常真切。男人一把夺过影集,照片上的男人正微笑着盯着男人看。

我不是还活着吗? 怎么说我已经死了? ! 男人呆住了……

说来还真怪,自此以后,男人又开始为家人的生计忙开了,再有人约男人出去喝酒赌博什么的,男人总会拒绝,说家里有事,家人离不开他。没有特别情况,男人会每天准时回家。男人渐渐地又成为以前的那个男人了。

不信? 你听,"叮咚叮咚……"如泉水流淌般悦耳动听的门铃声又在每天的那个时间段里准时地响起了,整个单元楼都能清晰地听到。

就这样回了一趟家

我满腹心事地走在城市的大街上。我已经在这座城市待了快三年了。我在这座城市读大学。

我是村子里考上大学的第一人。在我收到大学通知书的那段日子里,原本不善言辞的父亲一反常态,撒着双手,有事没事地在村子里四处走动,远远就可以听到父亲不停且响亮的说话声。

可是,环境能改变人啊。看着大学同学个个腰别手机,手挽女友,我也按捺不住了。不久,我也有了手机,有了女友。黄凌燕是我的第三任女友。我挽着黄凌燕的手,昂头挺胸地,经常出没于舞厅、影院、茶馆、商场、网吧……

今天是女友黄凌燕的生日，我得给她买生日礼物。可是我口袋里只有几块钱。用这点儿钱去换女朋友的生日礼物，显然是太寒酸了。她会很没面子，当然，我也会很没面子。这个生日，不止我们两人过，还有她的那些个好姐妹。

刚才，黄凌燕噘着嘴，用不容置疑的口吻跟我说：今天是我二十岁生日，我要风风光光地过一回。在乡下，谁都很重视自己的二十岁生日的。黄凌燕这话不假，去年，我二十岁，父母在家为我狠狠操办了一回，让我撑足了面子。黄凌燕说要风风光光地过生日，让我心头一紧。黄凌燕接下来的话让我的心更紧了。她说：我要再请几个我的好姐妹过来和我们一块过。你呢，也可以带你最要好的朋友来。我要弄个小型的生日宴会。我急急地说：不用不用我不用，除了你，我没有要好的朋友了。然后，黄凌燕说了具体的时间和地点。然后，黄凌燕的鼻子很响地哼了一声。我知道，她不是在哼我，她是哼那些年年搞生日宴会的女同学。

黄凌燕就去和她的姐妹会合去了，我呢，就只好向父亲求助了。

我拿起了手机。我要父亲立马给我汇钱来，只消几个小时，我的燃眉之急就可解决，我的女朋友也可以风光一回，当然，我也可以风光一回。

可是，老家隔壁的电话没人接。坏了，他们肯定是在田地里干活还没回来。隔壁的这个电话是除了书信外，我和父母联系的唯一途径。

再一次拨打无果后，我决定立马回家。女友生日宴会在一分一秒地逼近啊。

老家离城不过六十多里，坐车，顶多一个小时，我便可到家了，拿钱后，即刻返回，一切都还来得及。

到得村口，有妇人说：呵，大学生回来了，难得啊。

肯定是向家里要钱来啦。边上有人说着风凉话。

我面红耳赤，只顾低头走路。

自打到城里念大学,我一学期才回一次家。去年暑假,干脆待在学校了。骗父母说是在城里当家教,赚点儿学费,好减轻家里的负担。说得母亲泪光闪闪,父亲也一个劲地说我懂事了。可其实,我不回家是怕正赶上双抢时节,忙死累死。在城里,在出租房里,我和黄凌燕痛快地玩了一个暑假。钱,是借的。

到家门口,却见铁将军把门,不消说,父母干活没回。我只好到田野里找。

远远地,见父母在棉花田里正低头弯腰地采摘棉花。走近了,但见父母脸上汗滴流淌,他们竟没能顾及擦一把。父亲的白发在阳光下显得分外刺眼,母亲也是满脸皱纹。我才发现父母是真老了。

父母却丝毫未察觉我的到来。

爸,妈! 我忍不住叫了一声。

啊? 是凡儿回来了。怎么不事先通知一声啊,好叫你爸去接。母亲看到了我,显得很兴奋,立马停止劳作,走上田塍,擦了擦手,扶着我的双臂,使劲地看。他爸,你倒是上来啊,你看,儿子都变黑了。母亲心疼不已,不停地问我在城里的生活学习情况。

父亲说:儿子回来了,好,那咱现在就回家,给弄点好吃的。父亲说着,双手托起满满一箩筐棉花,朝我这边走来,边走边说,儿子可是半年多没回家了。

母亲又问我:没事吧? 是不是钱不够用? 爸妈这就给你想办法,家里没钱,可向亲戚……

净瞎说。儿子,别听你妈瞎说,家里有钱,你念大学的钱家里有! 父亲打断了母亲的话,还拿眼狠狠地剜母亲。

不,我手头还有钱,我不是做了一个暑假的家教了嘛,赚了不少钱呢,真的。我说。

那就好那就好。父亲微笑着。儿子是不会骗我们的。

我的脸刷地红了。暑假里,我陪黄凌燕在城里闲逛时,被村人看到过好几次。

我也来摘棉花。说着,我毅然地下了地。

别别,你哪能干得了农活呢。父母一个劲地阻止着。

我擦了擦脸上的汗,掏出了手机说:黄凌燕,我现在在老家,今天不回城了。不等对方回答,我就挂了,接着,我又把手机关了。

第二天晚上,我才见到黄凌燕。我等着她骂我一顿,然后跟我说拜拜。

黄凌燕说:昨天我也回家了,和我妈睡在一起呢。

我一愣,她居然不骂我,还不跟我说拜拜,这太出乎我的意料了。

我昨天看到妈妈在城里卖橘子,卖得好辛苦。黄凌燕说这话时,泪眼婆娑。

第二年暑假,我和黄凌燕又待在了城里。我们在城里做家教呢,这次是真的,不骗你。

世上每个妈妈都是伟大的

那天,我偶然从杂志上看到一篇文章,说有个小女孩的手不小心被关在动物园笼中的一只小老虎咬在了嘴里,女孩痛得大哭不止,母亲毫不犹豫地把自己的手伸向小老虎,小老虎见来了个"大食物",就松了口,迅速地把母亲的手牢牢地咬住了。母亲一声不吭,等管理人员赶过来解救时,母亲的手已被咬得血肉模糊。但母亲脸上始终挂着微笑!

这个真实的故事让我感动得热泪盈眶,多么伟大的妈妈啊。

可是自己的妈妈呢,在我的印象里妈妈根本就没有真心疼爱过我一天,她只关心卧病在床的我的奶奶,每天一下班对我说一句"自己做作业自己玩啊",就到奶奶床前去了;妈妈只关心班里的学生,批作业啦家访啦带去看病啦。对我呢,我稍做错事她就要狠狠地说我甚至骂我,从没带我去过一回动物园,倒是带班里学生去了好几次。总之,她眼里只有奶奶,只有别人家的孩子,唯独没有我! 我经常怀疑自己不是母亲亲生的,而是她在哪个旮旯里拣来的。

我常常一个人在房间里发呆、遐想,要是我也有那样一个疼我爱我的妈妈该有多好啊。可是往往被妈妈一句"作业做好了吗"或者"吃饭了"就给残酷地打断了。我只好怏怏地出来,回到没有温暖的现实中。

怎样才能让妈妈也疼爱我呢? 我动起了自己小脑袋里全部的思考细胞。

我把那篇文章复印了两份,一份工工整整地放在妈妈备课改作业用的小桌上,一份牢牢地粘在妈妈床头的墙壁上,我要让妈妈也看到那篇文章,让她瞧瞧人家的妈妈有多伟大,有多疼爱自己的孩子。接下来的几天里,我仔细地观察妈妈的变化。可令我失望的是,妈妈竟然一点儿也没变化,妈妈还是以前的那个妈妈,她仍然只关心卧病在床的奶奶,只关心班里的学生,唯独不关心我!

但我没死心。刚好语文老师叫我们写一篇题为《我的愿望》的命题作文,这次我没有像其他同学那样,写长大了要当明星当老板出国留洋赚大钱,我写我的愿望是有一个很疼很爱我的好妈妈。我还把我复印了那篇文章,妈妈看到之后竟仍然不疼爱我的事也写了进去。我知道这篇作文妈妈一定能看到,因为语文老师和妈妈办公桌坐的是对面,语文老师肯定会把这篇文章给妈妈看的。我想这下子,妈妈总该不是以前那个妈妈了,妈妈会很疼我爱我了,比那篇文章里的那个妈妈还疼爱自己的孩子。想到这里,我笑了,笑得很甜蜜。

可我想错了,妈妈还是以前那个妈妈,妈妈仍然一点儿也没有变化。她仍然只关心卧病在床的奶奶,只关心班里的学生,唯独不关心我!

妈妈只是笑着多问了我一句,咦,奇怪,这几天你怎么不大理妈妈了?!

难道你还不知道为什么吗?竟然还笑!我的眼泪在眼眶里直打转转,但我强忍着没让眼泪流出来。

过了几天,电视里播出了一则新闻,内容居然和那篇文章里的故事一模一样,也是在动物园里,也是小孩子的手被关在笼里的小老虎咬住了不松口,也是一位妈妈毫不犹豫地把手伸进了虎口。和那篇文章不同的是,那位救了孩子的妈妈不是孩子的亲妈妈(孩子的亲妈妈当时不在边上),记者问她为什么能毫不犹豫、奋不顾身地去救孩子,那可不是你的孩子啊。那位妈妈回答道:要问我为什么,很简单,因为我身边的一位同事就是这样一个伟大的母亲。多年前她身上发生了一样的事情,那时的她毫不犹豫地把手伸向了虎口,救下了自己的孩子。我想我之所以也敢这么做,是无形中她那榜样的力量给我无穷的勇气了吧。记者急着追问那位母亲是谁。那位妈妈脱口而出:她叫郝如萍,市五中的一个老师,我的好同事。

郝如萍,那不正是我妈妈的名字吗?我妈妈不也正是市五中的一个老师吗?是妈妈救了我呀!

我把这则新闻告诉了妈妈。未及说完,我便哭着扑到了妈妈怀里。妈妈,我以前错怪你了。你是我的好妈妈,你一直就是我的好妈妈!哭着哭着,我又笑了,因为我也有个疼我爱我的好妈妈,我的妈妈也是一个伟大的妈妈!

妈妈轻轻地搂着我,说,那位阿姨才伟大啊,她救的可是别人家的孩子呢。

不，世界上每个妈妈都是伟大的！妈妈，我爱你！我仰起小脸，看着妈妈，认真地说道。

我忽然觉得自己长大了。

特殊的红包

又是大年三十了，我兴冲冲地驾车带着妻儿往我的农村老家赶。是啊，由于在离家很远的一座城市里当着一个不大不小的官儿，我总是很忙，难得有时间回老家和年迈的父母团聚。记得自己已经有三年春节没有回老家过年了。父母虽然有三个儿子两个女儿，可只有我这小儿子在外工作，过着体面的城里人的生活，给他们挣足了脸面。

吃年夜饭喽。父母，我们一家，还有我的大哥家、二哥家，真是祖孙满屋，济济一堂。这才是真正的团圆饭啊。我和父母、哥哥嫂子们轮番地喝酒，相互道着问候和祝福的话，其乐融融，春满人间哪……

年夜饭吃毕，我很大方地拿出预先准备好的红纸包（内装六百元），一一给了我的那几个侄儿侄女，小孩子们欢天喜地地玩去了。最后，我毕恭毕敬地把两个大大的红纸包递给父母，满以为二老会像小孩子一样开心，毕竟这是他们最值得骄傲的小儿子给的新年礼物啊。可是，父亲脸上毫无笑意，他说，不急，先把我的红包给你们。我们正诧异间，父亲已经像变戏法似的拿出了三个红包——很明显是给他的三个儿子的。我们哪能依他,父母含辛茹苦抚养我们多不容易啊,该我们给他才是啊。可固执的父亲不由分说,已经开始分发红包了。

"我的大儿子就住在隔壁,但还能经常想到我们两个老货,家里有吃的,都不忘拿点儿过来。给你红包,二百块!"大哥拿也不是,不拿也不是,看看大嫂,大嫂也不知所措。父亲恼了,大喝一声:"叫你拿着就拿着!"大哥才接了,傻傻地站着。

"二儿子长年在外打工,家境不是很好,但经常有电话打回家来,对我们问长问短的,有时还寄钱回家来。挺孝顺的,难得啊!给,三百块,爸妈手头没几个钱,不要嫌少啊。对了,还有这个。"父亲又拿出一个红纸包,"这些是你今年一年来寄给我们的钱,总共一千八百八十块,我们一分也没花,今天一并全还给你。"二哥战战兢兢地接了红包。

父亲又走到我面前:"你啊,是最让爹娘自豪的。可是你在外多年,少有电话打给我们两个老不死的,就知道给钱。接着,四十块,莫要嫌少啊!还有这是你这几年来给我们的钱,两万八千,今儿个也悉数归还。我们不稀罕这个的。"我早已无地自容,扑通一声跪在了地上,我痛哭流涕:"爹啊娘啊,我晓得错了……"母亲上前来扶我:"这个死老头,叫他别这么做,可他这固执的脾气这几十年来就是一点儿也没改!实际上,五个孩子中,你是最让你爸牵挂的一个。"

不,父亲一点儿也不固执,他是用一种特殊的能让人刻骨铭心的方式在表达着自己对儿女们的希望,其实父亲也是在表达着普天之下所有父母对子女的希望啊。我一直以来,总以为只要给父母富足的物质生活,让他们永远告别贫寒,就是我们做子女的最大的孝顺了,我还一直以此为豪呢。直到今天,我才知道自己是大错特错了!其实,父母对子女的要求就只有一个:常回家看看。

我的朋友在给我说他自己去年春节的这段经历时,刚刚开口便泪流满面了。在他回城工作的第二个月，父亲便在那次来城里探望他的路上因车祸永远地离开了人世。我的朋友说，有些东西一旦失去，便永远不会回来了，所以当它们在的时候，我们一定要懂得珍惜，否则，你就是用一辈子的时间也追不回来。

回家过年

那年，我还没在现在的单位。

临近年关的一天深夜，我刚入睡，忽然被一阵刺耳的电话铃声吵醒。我心中的火苗腾一下便蹿了上来："谁啊，这么深更半夜了还来骚扰人家，存心不让人睡觉嘛！"因为那天损失了一笔赚头不小的业务，我一整天都心情沮丧，闷闷不乐。

"这么大火气，凡，怎么了你？"对方的声音却柔柔的，充满关切。

啊？原来是远在农村老家的母亲打来的电话，我条件反射似的坐了起来。"妈，我……我没事，就是忙，有点儿累。"虽然五年前就给老家装了电话，说是为了和父母联系方便点儿，可扪心自问，五年来，我主动打电话回家的有几次呢？这时想起年迈的父母，我满心愧疚。

"妈知道你忙，所以晚上才给你打电话，怕你又不在家。你的手机怎么换号码了，也不告诉爸妈。凡，要注意身体，不要累着啊。"母亲声声关切，宛如我还是个少不经事的孩子。

我一时语塞，换了手机号码，就知道告诉客户，偏偏忘了自己最亲的父母。

　　我的父母都是地道的农民，却只信读书，含辛茹苦地硬是用牙缝里省下的钱粮供养我和弟弟念完了大学——可怜我的两个姐姐，为了我和弟弟的学业，初中没毕业便被迫辍了学。大学毕业后，我在台州工作，弟弟则在温州打拼。都说忙得很——尤其是三年前我和弟弟相继成家后——难得有电话打回家，更不用说特地回家和父母团聚了。我们已经不自觉地把自己的父母从心里给完完全全彻彻底底地给撵走了，那里装着的只有所谓的自己的事业、家庭。俗话说：父母想儿女比路长，儿女想父母比筷短。以前我还对此话嗤之以鼻，可这不已经在自己身上应验了吗？我不已经打算好今年又不回家过年了吗？——理由呢，还不又是因为忙？！

　　这时身边的妻子也醒了，眼圈红红的，她已明白了一切。妻说："今年就到你老家过年吧。"

　　五岁大的儿子爬出了被窝，急急地摇着我的手："爸爸，我要到爷爷奶奶家过年，好不好吗？都已经三年没去爷爷奶奶家过年了。"

　　"好，爸爸答应你，回老家过年！"我使劲点了点头。

　　我对着话筒大声说道："妈，我明天就回家！"

　　"好好好。"母亲显然很兴奋，可顿了顿，说，"凡，要是你忙，就不要回来过年了。工作要紧哪。路这么远，来回要花很多钱的。放心，我和你爸都好着呢，就是……就是想你们。"我分明感觉到了母亲的哽咽声，还有边上父亲的责备声："你呀你，叫你别说我们想他们，真是的。"

　　我决定，第二天一大早就回我的农村老家，而且我还要叫上弟弟一家。还有，我要把我的手机彩铃换成《常回家看看》，让那首已经伴随我多年的《爱拼才会赢》见鬼去吧。

　　后来，岳父岳母相继过世，我毅然辞去在台州那份不错的工作，回家乡谋职。妻子很支持。

现在，我年年在老家和父母一起过年。父母都年岁已高。而我，是父母的儿子，是他们最大的牵挂。

苟爷的眼泪

苟爷流泪了。

流泪，对苟爷来说，是很奢侈的一件事。村里上了年纪的人都知道，苟爷才十多岁时，父亲因上山不慎坠下悬崖离他而去，苟爷没流泪。几年之后，积劳成疾的母亲撒手归天，苟爷仍未流一滴泪。之后，苟爷靠自己生存、成家，有了儿子苟子，后来又有了儿媳桂芳和孙女孙子。一路走来，这个艰辛啊，可村人就是没见苟爷流过一回泪。

近年来，村人纷纷走出大山，外出谋生。听着村人讲着外面的世界，看着村人带回的钞票，整个村子躁动了。苟子也很想出去，多次恳求父亲，苟爷拗不过，最终点了头。苟爷狠狠地吸了口旱烟，重重地叹了口气。

那天，天刚蒙蒙亮，苟子和桂芳就扛着大包小包悄悄出了门，毅然决然地走向通往山外的那条唯一的崎岖小路。

苟子娘无力地倚在门框上，任泪水无声地在她那千沟万壑的脸上流淌。苟爷吼了句，哭什么！

其时，三岁的孙子和六岁的孙女还在甜甜的睡梦中。

爷爷奶奶孙子孙女便组成了一个新家。田地里的活便全压在了苟爷一人身上。家务,还有两个孩子,够苟子娘折腾的了。

孙子孙女常常哭闹着要爸爸妈妈。苟子娘就安慰,爸爸妈妈到外面挣钱去啦,好给你们买衣服造房子啊。苟爷也说,爸妈就快回来了。可孩子总看不见爸妈回家的身影。自打出去起,苟子和媳妇就没回过一次家,过年也没回。路远,舍不得那来回的路费啊。

但能时不时地收到苟子的来信。苟子娘说,老来信干啥?这个苟子。眼睛却湿了,嘴里喃喃着菩萨保佑菩萨保佑。苟爷却笑,说,瞧你这没出息的样儿。叫人代写回信时,苟爷总说,在外面不容易,要做老实人,好好干活。家里有我和你娘呢,饿不死人,孩子身子很好,孩子懂事着呢,成绩也不错,少记挂。我和你娘身子硬得很,再活二十年都没问题。

看着孩子瘦瘦的身板,苟爷越来越弯的脊背,苟子娘的眼睛里总不见有干的时候。

孩子一天天长大,能帮衬爷爷奶奶做家务,下地干活了。苟爷第一次主动去了封信,说,苟子,你孩子出息了,会下地干活了。比他们爷爷当年还强呢。那天,苟爷背着双手,在门前崎岖的小路上来回地踱步。在灿烂阳光的照射下,苟爷眼里分明有亮晶晶的东西。

那晚,晚饭后,苟爷对苟子娘说,我去村里转遛转遛啊。自打苟子出去后,苟爷就把晚上的时间都花在了陪伴孩子身上,绝少出门了。苟子娘知道,苟爷一直就是个爱热闹的人,他实在是憋得慌了。

转遛回来,苟爷问孙子孙女,你们想爸爸妈妈吗?想!俩孩子脱口而出,却又立马摇头,不想! 平时,苟爷一知道孩子因想爸妈而哭鼻子,就会呵斥,哭什么,没出息。哪有当年你们爷爷的样儿! 这次,苟爷却没呵斥,苟爷摸了摸俩孩子的头,微笑着,说谎了不是,哪能不想爸妈。不想爸妈的孩子才叫没出息呢。俩孩子对视了一眼,伸了伸舌头,低了头,即刻又抬头,渴求地盯着苟爷。苟爷又问,改天爷爷带你们上城里去看爸爸妈妈,好不好?俩孩子一蹦三尺高,好啊好啊! 可以去看爸爸妈妈喽!

临睡时,苟子娘满脸疑惑,你这是咋回事?怎么突然要带孩子去看苟子和桂芳?以前,我几次提出,你总反对。

苟爷却不搭理,只顾抽着旱烟。苟子娘嗔怪道,你个死老头,咋也学会卖关子了。

苟爷悠悠然吐了口烟,才说,今晚我不是出去转遛了嘛,还真听到了一大喜讯呢。

苟子娘急切地问道,啥子喜讯?快说说!

苟爷偏闭了嘴,看着苟子娘,悠悠然又吐了口烟。

苟子娘的拳头便落在了苟爷的身上,轻轻地,仿佛在给心爱的人拍打身上的灰尘。

苟爷招架不住,村主任说了,最近村里要分批组织孩子去看在城里打工的父母,家人也可陪同去。我这就给报了名。这不正值学校放暑假嘛。

好,好啊。苟子娘不停地擦着眼角。

苟爷却笑了,说,你呀,又来了。瞧你那没出息的样儿,哪像我大苟的媳妇。

苟子娘小心地问,你也去?那这来回的路费?

苟爷说,尽瞎操心。这个,政府早安排好了,来回路费全由乡财政出。咱老百姓的心思啊,政府那里,都装着呢。顿了下,苟爷说,我不去了,我看你也不要去了。这样,既可以给政府省些开支,也不会给添乱子。你看,咱们都多大岁数了。

苟子娘频频点头,说,是啊,政府,还是咱老百姓的政府。咱孙子孙女终于可以见到自己的爸妈了。老实说,你想咱儿子和儿媳妇吗?我们都几年没见面了?苟子娘转过了身,突然惊讶地说道,唉,你怎么哭了?

苟爷慌慌地扭过了脸,没有没有!我大苟咋会哭呢!

还嘴硬了不是!我可不止一次看见你哭了,你个死老头,真是越活越没出息了。瞧你这没出息的样儿,哪像我翠仙的老头啊! 苟子娘笑了。

你……苟爷也笑了。

此时,孙子孙女正酣睡着,脸上溢满了笑。

家 教

今天是冬冬生日,又适逢星期天,妈妈一大早便带他去儿童公园玩。

公园里人山人海,设施也很齐全:碰碰车、秋千、滑梯、水上电子船,等等。不少孩子在父母陪伴下玩得正酣。

冬冬异常兴奋,扯着妈妈说:"我要坐碰碰车!"妈妈看见那车子碰撞得很厉害,有个孩子竟然被碰出了车外。妈妈说:"冬冬,我们不玩碰碰车,太危险了。你看,那小朋友把头都跌破了呢。你可是妈妈唯一的心肝啊。"冬冬很失望,但冬冬是个听话的乖孩子,冬冬跟着妈妈走开了。

走到滑梯旁,冬冬又对妈妈说:"我要上去坐滑梯!"妈妈和蔼地对冬冬说:"别急,让妈妈先看看有没有危险。"妈妈还真仔细地观察了起来。过了一会儿,妈妈说:"冬冬,这滑梯我们也不能坐,不安全,万一你翻个跟斗下来,摔得头破血流咋办,不用说妈妈会有多难过,你爸,还有你爷爷奶奶都要心疼死的。你可是我们唯一的心肝宝贝啊!"冬冬撅起了小嘴,但冬冬还是跟妈妈离开了,冬冬可是个听话的乖孩子。但冬冬的目光很依恋，都走出老远了，冬冬还回头看那些在滑梯上玩得很开心、还大呼小叫的小朋友们。

到了湖边，见有许多电子船在湖面上飞快地掠过。妈妈皱起了眉头，她很为飞船上的人的安全担心。

"妈妈，我也要像他们一样坐飞船！"冬冬仰着头，很期待的样子。

妈妈被吓了一跳，"不行不行，坐飞船就更危险了！"接着妈妈扳着指头列数几种可能发生的危险情况，什么会摔出来的啦、会撞伤的啦、会掉到湖里的啦、会被淹死的啦……说得绘声绘色，煞有介事，言辞也越来越严厉。冬冬眼里不时流露出惊恐的神色，双脚也不由自主地直往后缩。"妈妈我不坐飞船了。"冬冬说，声音颤颤的。"这就对了，我的乖乖。"妈妈高兴地拉着冬冬，又离开了湖边。

出公园时，看着街道上车水马龙，冬冬目光里满是惊惧，紧紧地拉着妈妈的手。妈妈俯下身，轻轻柔柔地说："冬冬，妈妈给你去买个玩具宇宙飞船，你不是一直说长大了要当航天员，去遨游太空吗？"

"我……我不要宇宙飞船！我不要！我不要上天，上天会摔下来，会摔死的！妈妈，你不是说我是你们唯一的心肝宝贝吗？"冬冬说得很急，一张小脸憋得通红。

妈妈呆住了："冬冬，你怎么这样没出息，看人家小孩什么都敢玩，有的比你还小呢。你太让我失望了！"说着，硬要拉冬冬去买玩具宇宙飞船。

但冬冬这回一点儿也不乖，态度很坚决，"不嘛不嘛，我要回家，我现在就要回家！"

妈妈摇了摇头，重重地"哎"了一声，一脸的失望，带着冬冬朝家里走去……

王小山的爱情

满身疲惫的王小山坐在马扎上，托着瘦瘦的腮帮子，望着不远处的一家酒店门口发呆。那里，花团锦簇，锣鼓喧天。又有新人结婚了。

王小山不由得就想起了女友柳青。

柳青是他的女友。王小山来城里之前，柳青就是他的女友了。柳青和他一个村的。柳青的爸爸还是村主任呢。这让王小山很神气。都成了村主任的未来女婿了，能不神气？当然，王小山很清楚，其实村主任是不怎么把自己放在眼里的，村主任之所以默认自己和柳青的恋爱关系，一是因为柳青真的很喜欢高大帅气的王小山，做父母的不敢硬拆鸳鸯；二是因为王小山的哥哥在城里念大学。王小山的哥哥是村里第一个大学生呢。

可这都是以前的事了。很快，大学毕业的哥哥找不到工作，窝在家里。村里外出打工的人越来越多，每年总多少能带些钱回家。村主任给王小山的眼色便越来越不好看了，就连真喜欢他的柳青对他的态度也如这秋季的天，一天凉似一天。不会赚钱的男人，哪能靠他一辈子呢？

那天晚上，柳青对王小山说，你也到城里赚钱吧，否则我多真不答应咱俩的事了。

王小山心猛地一沉，伸手想揽住柳青，柳青却挪了身子，躲开了。你自己看着办吧。丢下这话后,柳青就头也不回地走了。留下一个人发呆的王小山在小河边。月色朦胧,晚风习习,王小山感觉心冰冷冰冷的。

第二天,王小山就收拾行李,来到了现在打工的这座城市。他要在这座城市里赚好多好多的钱。王小山要让柳青和她爸爸看看,自己是个能赚钱的男子汉。

白天,王小山把所有的时间都给了建筑工地;晚上,他就把时间给自己。打电话,是长途,太费钱,不舍得,王小山就写信。可王小山识字不多,写好一封信,得花去他不少时间,简直比白天在工地上挥洒汗水还累人。每每看到王小山撅着屁股,趴在通铺的地板上"咬牙切齿"地写信,工友们就起哄。

拉倒吧,写啥信呢。

哈哈哈……

工友们肆无忌惮地笑着。

王小山置之不理,只管写自己的信。

柳青回信了,叫王小山保重身体,别挂念她,她在家一切都好。

看得王小山热泪盈眶,当即回信,说自己啥都好,找到工作了,也干得好,请柳青尽管把心放肚子里。王小山又说,我很挂念你,我梦里全是你呢。

晚上睡觉,王小山不拿枕头垫脑袋,而是抱着,仿佛枕头就是他的柳青。这事笑煞了工友们,都说他还是个没长大的毛头娃娃。王小山听了,不急也不恼,睡觉时,仍旧抱枕头。

王小山一直给柳青写信,有空就写。

柳青的回信却越来越少了,还意味深长地说,她父亲挺挂念他。叫王小山少写信,多把时间花在如何赚钱上。还说,村里的柱子刚刚给家里汇去八百块呢。可是你呢?

王小山回信说,快了,就快发工资了,到时全寄来。

可一天天过去了，就是不见工资，后来连老板的人影也没了。再后来，都说老板卷款逃走了。王小山欲哭无泪，老板你咋能逃走呢，我和柳青的关系还靠你的钱维持呢。

王小山口袋越发瘪了，人也越发黑了，瘦了。

王小山照旧给柳青写信，说今天领到了工资，还不少呢，我这就给你汇去。王小山真的给柳青汇去了钱。钱是他从牙缝儿里挤出来的。

王小山换了一个地方，又换了一个地方……

在这座城市里，几乎每天都能听到新人喜结良缘的喜庆的锣鼓声。

那晚，王小山和柳青在一起。许久没在一起了，两人都很开心，脸上洋溢着幸福的笑容。

王小山说，柳青，我爱你，我要娶你为妻，你愿意吗？

柳青说，小山，我也爱你，嫁你为妻，我很愿意！

王小山说，你还和以前一样爱我吗？我现在的腿瘸了。

柳青说，你是因打工瘸的，你是为我而瘸的。我还和以前一样爱你！

王小山说，柳青，我爱你。我这就向你求婚。

柳青幸福地闭上了眼睛，说，好，我接受你的求婚，我现在就接受。

王小山把柳青揽入怀中，抱得紧紧的。柳青幸福地呢喃着……

王小山突然醒了，原来这只是个梦。

王小山的腿是因不慎从高高的脚手架上掉下而致瘸的。王小山真的瘸了。

第二天下午，王小山收到了柳青的一封信。柳青说，她要过来看王小山……

怪 癖

中国书法史上有"苏黄米蔡"一说,这个"米"就是北宋著名书法家米芾。米芾被时人称为"米颠"。为何?因为他有诸多怪癖。

米芾患有严重的洁癖。

只要用手拿过东西,就要洗,用按有长柄的专用银斗洗,由仆人拿着倒水在手,至少洗三遍,洗完,不用毛巾擦拭,而是直接用手拍,直至手干。无论到哪里,仆人都得带着水壶,随时换用。米芾从不吃煮鸡蛋,他说鸡屎味儿会煮进鸡蛋里。

也不许别人随便碰他的东西。

有次上朝,米芾的朝靴被人动了一下。回到家,米芾把朝靴洗了又洗,刷了又刷,最后把朝靴都洗破了。有客人来访,一般客人,米芾就让客人站着。非坐不可的客人才给坐,待客人走后,就命仆人反复擦洗客人坐过的椅榻。

米芾得了个好砚,就邀好友周仁熟赏玩。米芾开箱取砚,小心谨慎,周仁熟虔诚地侍立一旁,还拿手巾一遍遍擦洗手。米芾遂决定给周仁熟把玩把玩。周仁熟说,砚是好砚,不知发墨如何?当然好啦,米芾说着,就命仆人去取水。没想,周仁熟没等水拿来就朝砚台里吐了唾沫,研起墨来。米芾大怒,你为何先恭后倨?此砚已被你污染,不能用了!周仁熟也是个很有个性的主儿，竟毫不客气地拿走了这个好砚。

别人用过的东西，米芾当然也不会轻易使用。米芾曾担任太常博士，主持朝廷祭祀活动时，要穿规定的祭服。米芾嫌祭服被人穿过，总先拿回家洗了又洗，结果把祭服洗得变了颜色，掉了花纹。因为身穿这另类衣服参加祭祀活动，米芾丢了官。他却不气不恼，还说这官丢得好。

女大当嫁。米芾也在为女儿寻找合适的郎君。虽然上门求婚者甚多，却没一个让米芾看上眼。一日，来了个名叫段拂、字去尘的后生。米芾一看这名字就高兴了：已经拂过了，还要再去尘，洁净极了，真好。米芾就做主把女儿嫁给这个段拂了。

米芾还痴迷奇石怪石，是个十足的石头迷。看到奇石怪石，米芾不管身在何处在做何事，都要停下，面对石头，倒头便拜，还称石头为石大哥。他把自己弄成了石头的超级粉丝了。

早先，米芾在涟水县为官。附近的安徽灵璧盛产奇石怪石，米芾一有空就往那里跑，到处搜集灵璧石，拿回后整天躲在画室里赏玩，经常一整天不出来。米芾乐此不疲，就是耽误公事了，仍依然故我。他的上司涟水县令杨杰不高兴了，这简直是胡闹，有他这样当官的吗？杨杰就亲自责问米芾来了。

米芾也不辩解，从左衣袖里掏出一块灵璧石，但见玲珑剔透，精妙绝伦。杨杰不为所动。米芾不慌不忙，又从右衣袖里掏出一块灵璧石，但见石上峰峦洞壑，蓝天绿水，自然天成，美不胜收。杨杰再也按捺不住了，一把夺过石头，迅速放入自己衣袖里，连说，好石好石，你喜欢，我也喜欢啊！两人大笑不止。

再也没人说他玩石误事，米芾又可以好好地赏玩他的石头了。

但也有不买账的。米芾曾经负责过漕运，上司张励看他很不顺眼，就说服同僚们联名参了米芾一本，说米芾癫狂无德，有辱朝廷体面。

米芾因此被罢官。

好在不久,蔡京当了宰相,米芾又成了京官,和张励同级。当日,米芾就跑到张励办公室,狠狠地说了张励一通。张励毫无办法。

米芾写得一手好字,宋徽宗赵佶和他有共同爱好,就经常请米芾写字,但要米芾用皇帝的专用文具。米芾很快就看上了赵佶的端砚。写完后,米芾抱着那个砚台说,这个砚台被我用过了,哪还配得上皇上啊,您就换一个吧。赵佶大笑说,拿去吧。米芾乐得手舞足蹈,抱着砚台抬脚就往外跑,砚台里剩下的墨汁都洒到衣服上了,他却一点儿都不在乎。赵佶又笑,回头对旁边的蔡京说,这个米颠真有意思,名不虚传啊。蔡京幽幽地说,但愿这个疯子不会到我家来要啥宝贝。

不幸言中。蔡京长子蔡攸有一幅东晋王衍的字帖,米芾终说服蔡攸带着王衍字帖,边游船边赏玩。蔡攸刚一取出,米芾就把字帖揣在怀里要往河里跳。蔡攸吓得够呛,你这是干吗?米芾又哭又喊,我平生收藏那么多,可就是没有这幅字帖,我宁死也不能没有它!蔡攸只好忍痛割爱。

米芾终于老了。死前一个月,米芾就安排后事,跟亲友告别,把生平所藏的字画器物玩石全部烧毁,要它们一并追随自己而去。米芾还准备了一口上等棺材,生活起居全在棺材里。死前七天,米芾洗澡、换衣、吃素、焚香。史载,死的那天,米芾把亲戚朋友全请来,举着拂尘说,众香国中来,众香国中去。说完,扔掉拂尘,合掌而死。

洁 癖

　　古代文人中，患有洁癖的米芾算一个，能与之相媲美的怕只有元代画家倪云林了。

　　倪家是无锡当地有名的富户，"富甲一方，赀雄乡里"。倪云林在三兄弟中排行最小，自小衣食无忧，生活豪奢，家中单是供他娱乐的就有"清秘阁、云林堂、雪鹤洞、海岳翁书画轩斋"等不同风格的高档建筑。

　　倪云林的香厕是一座空中楼阁，造型典雅别致，用香木搭好格子，下面填土，中间铺着洁白的鹅毛，"凡便下，则鹅毛起覆之，不闻有秽气。"就是现在富人居住的别墅都不能企及。

　　倪云林使用的文房四宝，有两个佣人专门负责擦洗。庭院里的梧桐树，也有专人每日早晚挑水洗净。

　　一日，朋友徐氏来访，适逢倪云林的仆人进山担泉水回来。倪云林用前桶煎茶，后桶洗脚。徐氏莫名其妙，问何故。倪说一路担水，后桶水肯定已经被仆人的屁气弄脏了，所以只能用来洗脚。当晚，徐氏留宿。夜已很深，徐氏困意亦深，却见倪云林一次次来他房间巡视。夜里，徐氏醒来，闻隔壁的倪云林辗转反侧，就咳嗽了几声，意思是，你咋还不睡呢？没想正是这几声咳嗽害得倪云林一夜未合眼。翌日，天未及亮，客未及走，倪即命仆人查寻痰迹，一无所获，只找到一片树叶。倪云林痛苦至极，闭着眼睛，捂着鼻子，命仆人拿到三里地外扔掉，并让仆人扛水洗树不止。徐氏目瞪口呆，从此再也不登倪家。朋友本就不多的倪云林，这下又少了一个。

又一日，和好友赵行恕喝茶。起初，两人有说有笑，气氛很是融洽。忽而，倪云林愤而离座，边走边说，如此雅事，你竟如农人劳作时大口猛喝，还弄出如此大的声音，是可忍孰不可忍！赵行恕呆若木鸡，半晌无语。两人就此绝交。

有人想捉弄于倪云林。倪云林母亲病了，此病非一个叫葛仙翁的神医不能治。葛仙翁要倪亲自来接，且要骑那白马来。倪云林有匹白马，倪对它很是爱惜，每天梳洗，白马干净得无一丝杂色。当时天正下雨，葛仙翁乘着倪云林的宝贝白马穿行于乱泥脏水之中，弄得满是泥泞。到了倪家，葛仙翁却提出先要去清秘阁逛一逛，倪云林不敢不依。葛仙翁衣也不换、鞋也不脱，笑嘻嘻地在清秘阁里走来走去，"咳唾狼藉"不止，非但如此，还用脏手把倪云林的古玩书籍，翻了个遍。这清秘阁乃倪云林的最爱，之前多少人想进去一看究竟，他都坚决不让，最幸运的也只允许在门外观瞻而已。倪云林恶心坏了，立马把清秘阁锁了，此生再未进入。

倪云林曾与张士诚的弟弟张士信交恶。当初，张士信久慕倪云林大名，派人送来绢和金币，求画。倪云林大怒，当场撕绢退钱，说："吾不能为王门画师！"由此得罪了张士信，后张士信在太湖游玩，碰上正在船上焚香作画的倪云林，就把倪抓来，本来要杀他，经人说情，改打一顿鞭子。倪云林挨打时一声不吭。后来有人问他："打得痛了，叫一声也好啊！"倪云林说："一出声，便俗了。"

官府也找倪云林的麻烦。晚年的倪云林变卖田产，家道中落，官府仍诬他欠税未交。倪云林一时无处藏身，只好寄居在姻亲邹家。本来好好的，待他见到邹家女婿"言貌粗率"，不由分说，给了对方一记大耳光。

倪云林无法再待,只好隐身于浩渺太湖的芦苇荡中,却仍不忘点起龙涎香,因此招来官兵,被抓个正着,随即入狱。

在狱中,倪云林每次都要送饭的狱卒把饭碗举过头顶。狱卒不解其意,问他为何,倪云林总是傲然不答。同狱之人告诉说:"他是怕你嘴里的口水、浊气呼到他的饭菜上!"狱卒大怒,就把倪云林锁在粪桶旁边。倪云林呕吐不止,痛苦不堪。后虽由好友将他保释出狱,但倪云林就此患下了痢疾。

患病后的倪云林常常把粪便拉得满床都是,臭不可闻,人不可近。明洪武七年,倪云林被朱元璋派人扔进粪坑,活活淹死。时年,倪云林七十三岁。

隐　者

凡桃俗李争芬芳,只有老梅心自常。

题完墨梅画上的这几个字后,王冕把笔一丢,好不畅快。

自打离开都城大都后,王冕就隐居在家乡浙江诸暨的九里山中,这里风景秀丽,宜居宜养。王冕自号"煮石山人",开荒种粮,栽竹植梅,躬耕垄亩,自食其力。劳作之余,就吟诗作画,画梅、画荷、也画竹。他喜欢梅的傲骨,荷的圣洁,竹的节操。

这种远离尘世的田园生活每每让王冕舒心不已。

可是这种舒心的日子被打破了。

那日，来了一人，见了王冕，躬身施礼道，我乃朱元璋将军的使者，将军久慕先生大名，特派小人前来，恭请先生下山，共谋大计。

王冕眉头一皱，道，我乃一介布衣，无德无才，且早已不问世俗之事，恐要让朱将军失望了。

不急，请先生再考虑考虑，我明日再来。来人遂告辞。

翌日，使者再来时，但见屋子空空，王冕已不知去向。

几日后，王冕的新屋前又响起了敲门声。王冕假装没听见。

来人大声说道，先生，让我好找啊。我知道先生在里边。

屋里仍是毫无声息。

任凭使者如何劝说，如何哀求，王冕就是不开门。

天很快暗了下来。王冕以为使者走了，便小心地开了门。门口果然空无一人。王冕大喜，回屋收拾东西，疾走。

没想刚转过一小山岗，呼啦啦，一大片火把骤然亮起，天空也一下子明了起来。

王冕大惊，转身欲走，忽闻一声：先生哪里去？直入耳鼓。

王冕不由得就立住了。王冕闻声望去，但见山冈上赫立一人，一身戎装，浓眉大眼，阔面长耳，器宇轩昂，好不威风！

王冕浑身一颤，莫非此人正是朱元璋？

那人似乎看透了王冕的心思，笑道，我就是朱元璋。先生好难请啊。古有刘备三顾茅庐事，先生也该随我下山了吧？

下山，下山……将士们齐声高喊，一遍又一遍。

漫山遍野同一个声音，响彻云霄。

王冕只得随行。

朱元璋大喜过望，刚回军营，便大宴宾客，为王冕接风。

朱元璋举杯来到王冕跟前，亲自为他斟满酒，恭敬地说道，先生归我，胜于十万大军，朱某幸甚，幸甚哪！请先生干了此杯！

干了吧！先生，干了吧！文官武将都如是说。

王冕只得照办，一饮而尽，心中却一阵悲苦袭来。

王冕忆起了先前身在尘世的那些日子。

想自己少时家境穷苦，白天放牛，夜晚则灯下苦读，孜孜不倦，被誉神童。稍长后更是学富五车，能书能画，人称通儒。科举却屡试不中，黑暗现实，耳濡目染，从此永绝仕途，浪迹江湖。也曾游历都城，写诗作画，声名远播。求诗索画者，络绎不绝，礼部尚书泰不花荐以翰林院官职，坚决不就。只因在一幅墨梅画上题了诗句"冰花个个圆如玉，羌笛吹他不下来"，被诬为影射朝廷，险遭人陷害，只得悄然离京，从此隐姓埋名，隐居家乡九里山，过着避世遁迹的隐者生活。

只怪那时自己误入歧途，徒费光阴啊。王冕感慨万千。可惜，刚过了几年舒心的日子，就轻易地被这姓朱的给搅了。

朱元璋给了王冕一个咨议参军的官职，相当于军队顾问。

一听到唤他王参军，王冕心里就窝火，就苦闷。白天，眉头紧锁成个川字。晚上，做梦，梦里全是以往在九里山的快活日子。

王冕就整天吃吃喝喝，啥事不干。朱元璋很是恼火，却又不好发作。谁叫是自己亲自请来的呢？

一日，朱元璋来到王冕下榻处，看着王冕的眼睛，一字一句地说道，吾上应天命，下顺民心，举义旗，兴义兵，诛讨逆贼，匡复天下。一时四方响应，文武英雄，尽来归顺。你也理应闻风而动，兼程来归。可你却隐居山林，烦我三请。今虽归吾，却心不在焉，是何道理？先生总不如诸葛孔明吧？

王冕回道，久闻将军威名，远甚于当年刘玄德。然昔日唐尧德泽布天下，仍有许由颍水洗耳之事！人各有志，将军何必苦苦相逼呢？我久居山林，不问世事久矣，在此，徒损将军威名，徒碍将军大业。还望将军早遂我愿，放我回去。

朱元璋突然从跟随的侍卫腰间拔出宝剑，架在王冕脖子上，厉声道，难道先生不怕我杀了你？

王冕毫无惧色，那是将军的事。

朱元璋终究没有加害王冕。

王冕得以重归九里山，只是从此郁郁寡欢，终成病疴，不治而亡。

后来，朱元璋建立了明朝，想起了王冕，就差人来寻，才知王冕早已过世。朱元璋长叹一声，也好，此人虽没为我所用，但也未被他人所用，幸甚幸甚！

不几年，朱元璋便对开国功臣大开杀戒。

想起了当年王冕誓死不从朱元璋，暗地里，世人都说，远见啊，幸甚幸甚！

想起了王冕的早死，暗地里，世人又说，幸甚幸甚！

智 者

袁盎对丞相周勃的做派很是看不惯。

每天上朝下朝，周勃都目不斜视，轻慢得很。大臣们和他打招呼，他也不搭理，还故意把脸扭到一边，装作没看见。

不就是助文帝平定诸吕之乱有点儿功劳，至于吗？袁盎很气愤。更让袁盎气愤的是，文帝竟然对周勃恭敬之至，每次下朝后都要亲自把周勃送到大殿门口。大臣们也都觉得这个周勃太过分了，却又畏于他的淫威，敢怒不敢言。

袁盎决定好好治治周勃。

一天下朝后，袁盎把文帝拦下了。袁盎问文帝觉得丞相这人怎样。

当然是江山社稷要仰仗的人啊。文帝脱口而出。

袁盎却把头摇得像拨浪鼓，如果陛下把江山社稷托付给这种人，那就糟了。

文帝听了，猛吃一惊，这样说丞相，这袁盎可是天下第一人。

文帝不以为意，问道，此话怎讲？

袁盎上前一步，道，所谓社稷之人，乃主在臣在，主亡臣亡者也。可这个周勃，诸吕之乱时，他可是吕后的太尉啊。见吕后不行了，就反戈一击，摇身一变成了陛下的功臣。这些，想必陛下还记得吧？

文帝说，记得，记得，我当然记得，我记性好着呢。

陛下如此重用他，还对他特别恭敬。可他呢，非但不对陛下感恩戴德，反而心安理得地享受着，他眼里哪还有为臣之道，君臣之礼？他这哪是爱陛下，爱江山，他只爱他自己！袁盎越说越激动。

文帝听得汗都下来了，便问该如何处置周勃，却见袁盎跪在地上，屁股撅得老高。

嗯，这才是君臣之礼。文帝心忖道。

很快，丞相周勃就不再是丞相了。周勃被官降二级。

一下朝，文帝就回宫，再不送新丞相到大殿门口了。新丞相呢，远远地就和大家打招呼。众大臣在文帝面前，也愈加谦恭。

朝廷一派和谐景象，群策群力，各项事业很快上了一个新台阶。

看来周勃，真非丞相之才。文帝想。这个袁盎，还真是不错。

周勃自然对袁盎恨之入骨，总想寻机报复。

没想报复不成，周勃自己更大的麻烦倒来了。他被人告发谋反朝廷。

文帝龙颜大怒，把周勃投入大牢，不只要罢免周勃一切职务，连杀周勃的心都有了。

袁盎知道后，显得比谁都着急。他心急火燎地跑到文帝面前，说叛乱初平，百废待兴，周勃毕竟是大功臣啊。再者，保有他的一官半职，既可见陛下为政以仁，又能让百姓感受皇恩浩荡。如此，天下归心，江山永固。望陛下三思！

直说得文帝连连点头。

每天，袁盎亲自端茶送饭给狱中的周勃，直感动得周勃热泪盈眶。

袁盎又协助廷尉调查，直至案件水落石出。原来，告发者和周勃有生死怨结，见周勃已失宠，便起了谋害之心。

为这事，袁盎瘦了一大圈。

出狱后，周勃重新主事，虽官职小了，但他毫无怨言，他感恩还来不及呢。周勃把所管部门的工作做得风生水起，在袁盎推荐下，官升一级。

后来，已身为丞相的袁盎因事得罪文帝，周勃誓死劝谏，袁盎终免一死，被贬为西汉地方邦国吴国的丞相。

时吴王刘濞有不臣之心，袁盎千方百计报信给文帝。文帝却总不信，以为这是袁盎为回长安，不计手段了。刘濞对袁盎有所察觉，却苦于无真凭实据，不敢加害。刘濞就时时处处给袁盎脸色看。袁盎的这个丞相就当得很不像丞相，袁盎在吴国的日子就过得很不像日子。

偏这时，出了"家内事"。袁盎的一个侍从官和侍女通奸。侍从官知道事情已被丞相发觉，吓得不轻，连夜出逃。袁盎亲自把他追回来。侍从官以为自己定难逃一死，因为这种事，就是对一般官员而言，也是很丢脸的，更何况发生在他丞相身上。但袁盎非但没治他的罪，反而做媒将侍女赐予侍从官为妻。袁盎说，两人相爱，何罪之有？成人之美，岂不乐哉！

景帝时,袁盎被升为太常,重回都城长安。

放虎归山啊,刘濞苦叹道。

不久,袁盎竟主动要求出使吴国。

刘濞大喜过望,真乃天赐良机,此时不除,更待何时。

刘濞就派校尉司马带领五百精兵,把袁盎的住所围得水泄不通。

袁盎啊袁盎,你纵有天大的本事,也插翅难逃了。刘濞得意地笑了。他在家宴请宾客,等着他的校尉司马给他好消息。

刘濞等到的却是袁盎已经逃离吴国奔赴朝廷,是校尉司马设酒醉倒五百精兵,并亲自护卫袁盎出逃的。

刘濞大怒,命手下即刻前去捉拿校尉司马,他要亲自将他斩首示众。

不必了,我来了! 门外有声,声若洪钟。

众人循声望去,但见校尉司马正立在门外,昂首挺胸,毫无惧色。

刘濞不解,你为何要这么做?

校尉司马答道,我曾是袁使者的侍从官,我的命是他给的。

说罢,校尉司马拔剑自刎。

见事已败露,刘濞只得仓促纠集另外六个邦国,举兵反了。其时,刘濞羽翼未丰。

终于反了。袁盎大松了一口气。袁盎主动请缨,跟随大将军周亚夫,很快平定了以刘濞为首的“七国之乱”。

袁盎厚葬了校尉司马。

景帝欲封袁盎为丞相。

袁盎却辞官不做,隐居去了。

武帝即位后,追究刘濞叛乱之事,不少人受牵连掉了脑袋。武帝不知袁盎身在何处,只好作罢。

揣 摩

　　赵匡胤面见刚从后蜀国归来的细作,问那边情况如何? 细作答道:还真有情况。孟昶方便的器具乃七宝装饰,精美无比。蜀地美女尽在后宫,我朝绝对没法比。孟昶怕热,就建水晶宫,水晶宫里备鲛绡帐、青玉枕,这家伙铺着冰簟,叠着罗衾,日日燕舞,夜夜逍遥。

　　说得赵匡胤喉咙痒痒的,喉结一动一动。

　　有必要说明一句,所说的这个孟昶,是当时后蜀的末代皇帝。

　　赵匡胤再问:还有啥情况? 细作答:因花蕊夫人特别喜欢牡丹,孟昶就命官民广泛种植,连宫中都辟有牡丹苑呢,还经常搞牡丹宴,听说还要弄什么牡丹节。在弄了吗? 赵匡胤问。细作答:正在筹划。赵匡胤大悦,连说好好好。

　　顿了下,赵匡胤又问:那蜀地百姓反应如何? 细作没答话,只是呈上一首诗。赵匡胤接过一看,乐了,说:看来蜀地的百姓早已烦透这个孟昶了,正热切期盼着我们大宋这股清冷的凉风前去呢。此蜀民思吾之来伐也! 好,好极了! 遂下伐蜀令。

　　那诗写着:烦暑郁蒸无处避,凉风清冷几时来?

　　很快,宋军摧枯拉朽般地灭了后蜀,并把孟昶及花蕊夫人和漂亮宫女押解到东京。不久,孟昶死了,赵匡胤就笑纳了花蕊夫人,成为自己的专职生活秘书。花蕊夫人竟不哭不闹不上吊,欣然接受。那些漂亮宫女呢,也在大宋的后宫重新上岗,并常常得到赵匡胤的关爱。宫女们觉得现在的生活好幸福。

一日,赵匡胤按例前往后宫视察,以确认关爱的新对象。不想,竟惹了一肚子火。

事情是这样的。赵匡胤看到一宫女在对镜贴花黄,那铜镜背面铸着制造时间:乾德四年铸。赵匡胤当下就傻眼了。我的年号是乾德,今年分明是乾德三年,哪里冒出了个乾德四年?

赵匡胤回到寝宫,即命学富五车的饱学之士陶谷和窦仪去查实。搞不清,提头来见!

很快,陶谷和窦仪就把事情弄清楚了。原来当年前蜀皇帝王建暴亡,其子王衍继位后将第二年的年号定为乾德,存世八年。这铜镜确是前蜀所造,没想让后蜀的宫女们带到咱大宋的后宫来了。

赵匡胤听了又是一肚子火,想当初,自己费了很大劲才定下乾德这个年号的,没想却和别人撞车了,撞的还是个亡国之君,晦气不说,必遭世人讥讽、后人耻笑啊。

赵匡胤心想,还是有文化的人好啊,啥都能查清楚。

再一想,赵匡胤却越发生气了,且越想越气。

皇帝很生气。

使用了那面铜镜的那个美丽宫女首先遭殃,即刻被逐出后宫。接着下令,天下印有乾德三年之后字样的东西,统统销毁,永不得见于天日。

陶谷和窦仪呢,各被打了二十大板。谁叫你们啥都晓得,还查得这么清楚,让我更不开心。赵匡胤心里恨恨的。

一回头,看见了边上的枢密副使赵普,赵普正看热闹,一副莫测高深的模样。赵匡胤又来气了,就拿起毛笔在赵普的脸上胡乱抹了一通。一个非洲黑人顷刻间诞生。

众臣看了，很想笑，看着一脸怒气的赵匡胤，却又不敢，只能把笑意深埋在心里。赵普呢，站也不是，坐也不是，笑也不是，哭也不是。

好奇特好搞笑的一幅场景。

看丈夫带着一脸墨迹回家，赵夫人好生奇怪。听完赵普述说后，赵夫人说皇上也真是的，心情不好就拿大臣开涮。要是让家人、下人们看到了，会笑话的，赶快把脸洗了。

赵普却连连摆手，洗不得洗不得。赵夫人更是诧异。听赵普一番表白后，赵夫人连夸老公聪明绝顶，你真是太有才了，嫁个有才的老公好幸福！说着，就上前去亲赵普。赵普急忙躲开了。赵夫人恍然大悟，对，今天亲不得。

翌日，朝堂上。见赵普仍顶着那张黑脸上朝，赵匡胤开心极了，哈哈大笑。众大臣跟着哈哈大笑。

赵匡胤问赵普为何不把黑脸洗去？

赵普答道：这可是皇上赐予臣的一幅泼墨重彩的帝王杰作呢，前无古人。换了别人，怕是求之而不得呢，我哪舍得洗去。

众臣又笑。赵普也笑。

赵匡胤心如蜜甜，嘴上却说，要是你洗了，朕就治你的罪。你还不服不是？

臣心悦诚服。赵普道。心却惴惴，还好没洗，洗了就糟了。

赵匡胤接着说：好了，赵爱卿，朕命你即刻回家洗脸去！

遵命。赵普领命而去。

下朝后，赵匡胤心情依然很好。看来，还是文人好，文人会揣摩，懂情调，知我意，很给力。

不久，赵普升任宰相。

顺便提一下，乾德那个年号赵匡胤终究还是弃用了，代之以"开宝"。

秘　书

　　北宋文臣杨亿很有才。举个例子吧。宰相寇准喜欢出对子玩情调，有次出了个上联：水底日为天上日。满朝文武竟全给难住了，只有杨亿对出了下联：眼中人是面前人。此事传颂一时，连真宗皇帝赵恒也对他刮目相看，不久就提拔杨亿为翰林学士兼知制诰。知制诰就是皇帝的秘书，专门负责起草皇帝的诏令。每次杨亿起草的诏令，赵恒都很满意，几乎一字不改地一次性通过。不简单哪，这个杨亿。

　　那年，杨亿当上了大宋科考的主考官。杨亿就很有些飘飘然了。开考前夕，他主动邀请来京应试的同乡举子，请客吃饭。推杯换盏间，就有胆大的询问考题。杨亿勃然变色，说了句骂人的话"丕休哉"，甩袖而去。众人目瞪口呆，但也有暗自叫好的。开榜，卷子中用了"丕休哉"三字的那几位，全被录用了。

　　此事传到赵恒耳朵里，赵恒有些不高兴，但转念一想，谁没有嘚瑟的时候？何况这么个大才子。偶尔嘚瑟一回也不碍事。就原谅了杨亿。

　　景德二年，赵恒任命杨亿、王钦若为总主编，编纂《册府元龟》。作为国家天字第一号工程，赵恒非常重视，每编成一卷，就要亲自审阅，凡有错误的地方就贴着小纸条。看到这些贴有突兀纸条、需要返工的案卷，杨亿汗颜不已，杨亿就头疼，就吃不下饭，睡不着觉。

　　可一细想，不对呀。皇上哪能看出这些微小错误呢？必有枪手在替皇上审阅！明察暗访后，果真如此——赵恒每次都先将案卷转给陈彭年，由陈代为审阅。

这个陈彭年可不是一般的角儿，学问大得很，历史典故、生僻问题张口即来，核对资料，竟无一出错。赵恒对他信任有加。有次，举行祭祀大典，陈彭年负责在前给皇帝引路，没想一时疏忽，引偏了路。有关部门的领导想上前纠正，陈彭年脸一绷，眉一皱，说错不了。那领导竟不敢上前。陈爱卿说错不了那就错不了。事后，赵恒仅轻描淡写地说了这一句。

原来幕后把关的人是这个姓陈的，看来皇上还是对自己不放心啊。杨亿心里很不是滋味。心里很不是滋味的杨亿就想办法了。不几日，杨亿联合王钦若等其他编纂人员，集体签名上奏，为了使这国家第一号工程做得更快、更高、更强，强烈要求陈彭年也加入编纂队伍。

终获准。

从此，那些可恶生厌、飘舞示威的小纸条渐渐地少了，直至彻底消失。杨亿心里乐开了花。赵恒也甚是开心，连夸这工程搞得好。群臣皆曰，皇上知人善任，真乃一代明主也！赵恒龙颜大悦，重赏了相关人员。

杨亿的知制诰生涯过得风生水起，他越发得意，走路，把路面踩得嘣嘣响，头抬得高高的，胸也挺得直直的。

他现在最讨厌的就是别人修改他的文字。可惜百密一疏，有次还是让赵恒找出了破绽。这是一份答复辽国的诏书，赵恒对杨亿在其中使用的"临壤交欢"很不满意，审批时，在"临壤"二字旁边连用了"朽壤、鼠壤、粪壤"三个贬义词！诏书被发回重写，看到这三个词，杨亿立时面如土色，半天没回过神来。最后，杨亿费尽思量，把"临壤"改为"临境"，才勉强过关。这个打击太大，杨亿有些伤不起了。

伤不起的事儿还有呢。

有次，杨亿写了份奏表，其中有句"伏唯陛下德迈九皇"，以此来歌颂皇帝，讨赵恒欢心，提升下自己在皇上心中已严重下坠的位置。对这奏表,杨亿很是得意。没想赵恒看了后,眉头紧锁,这个杨亿,咋这么气人呢,朕乃堂堂一国之君,他竟让朕卖韭黄! 真是岂有此理! 原来"九皇"与"韭黄"同音,难怪赵恒会动怒了。杨亿吓得不轻,终成疾,卧于床,几日未能上朝。

好在赵恒没有忘记他。一夜,赵恒来探望杨亿。寒暄后,赵恒拿出一沓文稿给杨亿,说这是朕写的一些诗文手稿,朕的笔迹你是认得的,没有找人代劳哦。你有空帮朕看看,写得怎样?

赵恒走后,杨亿心乱如麻,坐立不安。皇上好久未见,今天怎么突然来了? 一定是有人在皇上面前说我坏话了,自己以前不是怀疑过皇上找人捉刀作诗而当作自己的原创,还有皇上代人审阅《册府元龟》那事儿……

杨亿越想越害怕,惊出了一身冷汗。接下来的好些日子,杨亿整天无精打采,远没了往日的精气神,还生了几丝白发,还不到四十的人,仿佛小老头一个。

怎么这么快就不中用了呢? 赵恒很是惋惜,不再让杨亿起草诏令。

杨亿的皇帝秘书生涯,走到头了。

喜　欢

宋真宗赵恒很喜欢丁谓。

丁谓"少以文称",少年时就有过目不忘、出口成章之才。丁谓"善为诗"，"草解忘忧忧底事，花名含笑笑何人"就出自他之手。除了诗文外，丁谓还通晓音律，棋也下得不错。这还不算，丁谓又擅长书画，书法精湛，画作一流，所画的蟋蟀、蝈蝈等小虫子，栩栩如生，鸡一见，就争相去啄，看得赵恒哈哈大笑。更要命的，丁谓还有大将风度。赵恒第二次亲征辽国，丁谓为安抚使，辽兵兵临城下，箭矢如蝗般射来，在城楼上指挥的丁谓面不改色、指挥若定，辽兵终退。赵恒说，丁爱卿琴棋书画，无所不精，文能治国武能安邦，真乃我大宋奇才也！赵恒一有空就要丁谓陪他下棋、吟诗、作画，一天的日子就过得很快，也很舒坦。

转眼间，丁谓就坐到了工部员外郎的位子。这官可不小了，相当于现在的建设部副部长。照理说，丁谓该在文化部门或文联工作更合适啊，但大宋朝适合谋职于文化部门、文联的人太多，而赵恒认为丁谓放哪儿都行。赵恒说，是金子放哪儿都能闪光。

大中祥符年间，宫中失火，丁谓担任了重修宫殿工程的总指挥。经过深思熟虑之后，他命人在皇宫前开挖沟渠，把京城附近的汴河水引入渠中，随即以小船、竹筏把木料、石块径直送到工地一线。开渠挖出的土呢，也不用运走，就地留下用来烧砖。等工程基本完工，就把渠水排净，将灰土瓦砾等工程废料填进沟里，覆上泥土，夯实整平，又一条光亮平整的大街现于汴京了。就这样，丁谓顺顺当当地解决了取土烧砖、材料运输、废墟清理这三个工程中最难解决的问题，如此"一举而三役济，计省费以亿万计"。百姓交口称赞，赵恒更是喜欢得不得了，立马让丁谓接了三司使陈恕的职位。这样，丁谓就成了赵恒的"财政部部长"。

对宰相寇准，丁谓一直心存感激。当年，正是寇准的赏识和推荐，丁谓才成了京官。

天禧三年六月某天，丁谓随寇准出席宴请辽国来宾的国宴。酒酣之际，突然看见辽国来宾直盯着寇准看，丁谓顺眼看过去，吃了一惊，原来寇准的胡须上粘了几根菜丝，很显眼，很不雅。丁谓想也没想，即刻离座，奔寇准而去。当时寇准酒意正浓,却被丁谓生生地摁住了正欲敬酒的酒杯,心里好不光火。正欲发作,但见丁谓轻轻地擦拭着自己的胡须。众人全看见了,赵恒也看见了。丁谓轻轻地弹去那几根菜丝,毕恭毕敬地站立寇准边上,他等着恩相的表扬呢。没想寇准生气了,寇准说:"你做的官也不小了,哪能在这种场合替我溜须呢!你太不自重了,你太让我们失望了。"怎么会是这样?丁谓呆住了,他觉得自己好委屈。但丁谓眼里没有泪,他把泪往肚里咽,这下子,他把寇准恨到骨子里去了。

一年春节前夕,久旱无雨的冬季突然下了一场瑞雪,赵恒高兴坏了,立马组织了个踏雪诗会。诗会归来,赵恒兴致不减,就想赏赐八位参与诗会的大臣(包括丁谓)各一条玉带,叫宦官刘承圭即刻去办。

刘承圭就去主管财政的丁谓那里领玉带。丁谓一听,说不好,库房里只剩七条玉带了,不够。刘承圭请示赵恒后,手里居然托着一条金玉带回来。丁谓的眼都直了,这不正是皇上的那条嘛。原来今天赵恒高兴,竟把自己的这条玉带也拿来充数,加以赏赐。

丁谓对前来接受赏赐的七位大臣说,皇上的玉带不能赏赐,我先前已有玉带,就不需要了。当下把那七条玉带给了,只留下赵恒的那条。七大臣感激不尽,连夸丁谓肚量大,能当宰相。

按丁谓的意思,翌日,八人同去谢恩。赵恒见唯有丁谓没有玉带,忙问咋回事。丁谓说,皇上的玉带太珍贵,哪能用作赏赐呢?我把它带来了,正准备还给皇上呢?请皇上降罪于臣,臣连这么点事都办不成!说毕,取出玉带,跪拜在地,双手毕恭毕敬地呈着那玉带。

赵恒鼻子酸了,眼眶也湿了,连忙把丁谓扶起,哪能委屈了丁爱卿呢,我这条玉带就赐予你了。丁谓推迟不要,并坚决不起身。七人见状,立马跪伏于地,请丁谓务必不要拂了皇上的美意。丁谓这才起身。

不久,丁谓升任参知政事(副宰相)。丁谓开心极了,请求兼任赵恒的养马官。赵恒准了,心里越发喜欢丁谓。

那阵子,赵恒身体不好,病好后发现自己的坐骑瘦了不少,很生气,就责问丁谓。丁谓跪伏于地,哽咽道,臣知道皇上圣体欠安,日日思念,夜夜忧虑,食不甘味,睡不安寝,没心思养马啊。

赵恒一听,感动得不行,眼泪都下来了。

很快,丁谓当上了宰相,把寇准从位子上踢了下去。距离那次丁谓为寇准"溜须"的国宴一年三个月。

很快,寇准被贬为雷州司马,后死于任上。有人说,是丁谓使人所为。

福　地

极目四望,漫山遍野,葱郁无限。

大好河山哪!

站在都城应天府(今南京)紫金山上的朱元璋禁不住高声叹道。

这可全是皇上的江山。近旁的大臣随即说道。

那是! 这全是朕的江山! 望着那正上中天的太阳,朱元璋威仪满面,踌躇满志。

皇上能拥有天下,还得感谢长乐村啊。大臣又道。

一句话,勾起了朱元璋对往昔峥嵘岁月的回忆。

想当初,朱元璋一介游方僧,居无定所,食无所依。加入郭子兴红巾军后,境遇才开始改变。后来自立门户,势力也逐渐强大起来,直至攻占应天府,形成与各路诸侯群雄逐鹿的局面。可要雄霸天下,谈何容易?元朝政权不说,光看自己的四周,北有张士诚、西临陈友谅、东据方国珍、南盘陈友定,哪一个不是实力雄厚,虎视眈眈。其时,大军久攻婺州(今金华)不下,下一步该怎么走?朱元璋左思右想,举棋不定。按军中神算子的说法,转机就在当下,关键是要找到能解开玄机的高人。可是,转机在何处?高人在哪里?

每忆至此,朱元璋便会在心中默念那个名字:长乐。是啊,长乐,真乃自己的福地也!

那日,为解心中郁闷,带了两个贴身随从,朱元璋身着便装,来到兰溪的乡野。走到一个村庄时,但见村口一桥居然没有桥石,但桥稳固依然。朱元璋心中暗暗称奇。越往里走,越是惊奇。村有古井,不多不少,恰好七口,布局奇特,状若七星。北斗七星?那可是天帝所居之地、人间造化所在啊!莫不是高人就在这里?自己的转机也在此处?朱元璋不由得加快了脚步。

行至村中,但见两口池塘赫然入目,一如日字,一似月形。日、月,和为一体不正是个"明"字吗?自己身为明教弟子,起事时也名归"小明王"韩林儿,难道这里暗藏什么玄机不成?正疑惑间,忽闻一阵儿歌由远及近,悠悠传来。

"元桥空,七星佑,日月兴……"

朱元璋听得分明,却又不解其意,便拉住一位唱歌的小孩,施礼问道:此是何村?方才所唱何意?谁人所教?

小孩笑笑,说道:此村名叫上坑庄。又手指空桥、古井、池塘,唱的正是这些,其他的,要问刘先生了。

那刘先生现在何处?朱元璋急切地问道。

未及回答,小孩却顾自一蹦一跳地唱着走远了,那"元桥空,七星佑,日月兴"的歌声也由近及远,却始终在朱元璋耳畔回响。

莫非所说的刘先生正是那位高人？朱元璋大喜，急急地去找刘先生。

当夜，朱元璋未回军营，和刘先生促膝谈心，彻夜未眠。

刘先生名基，字伯温。那歌正是他教村里孩子们唱的。

不多久，朱元璋亲率大军，再围婺州。此次，守城元将竟开城投降了。

第二年，刘基随朱元璋到了军营。同去的还有宋濂、叶琛、章溢。至此，"浙东四先生"尽归朱元璋。此是后话。

攻占婺州后，正月十五那一日，朱元璋兴致勃勃，再次来到上坑庄。恰逢庄上举行饮酒礼。但见家家户户宾客满座，行礼，赞引，读律，把酒言欢，好不畅快！

作为外乡客人，朱元璋也被村人以礼相待。朱元璋深深被感染了，忍不住叹道：庄里安，邻里和，长幼序，无穷之乐，此乃常乐之村也！

族长闻言，说道：好一个无穷之乐，常乐之村。先生说得好啊。不过依老朽看，常乐不如长乐，不若我村自此更名为长乐村，先生以为如何？

朱元璋哈哈大笑，抱拳施礼道：长乐村，好名字。老先生，你这一字改得好啊！

众人皆笑。整个村子闹腾得更欢了。

此后，朱元璋势如破竹，连克诸暨、衢州、处州（今丽水），东南元军，也次第被灭。

再后，朱元璋又逐鹿中原，克陈友谅、败张士诚、灭方国珍、杀陈友定。

公元1368年正月，朱元璋建立了大明王朝，完成了雄霸天下的大业。

传说，登上帝位的当夜，朱元璋梦中神游长乐村。元桥之上，日月塘边，七星井畔，都留下了他的足迹……